繪圖 · 翁子揚

獵命師傳奇
FateHunter
獵命師傳奇系列【卷九】
九把刀Giddens著

「不可詩意的刀老大」之

續・恐怖的三個相信！

繼上次硬是相信我有個兒子、然後被騙轉帳兩千元贖款後，我決定待在家裡靜觀其變，畢竟要相信家人的屁話比較甘願，也不傷財。

此時我很眞慶幸我的職業是小說家，大劫臨頭之際，在家裡拖稿比當上班族安全多了。我龜速寫稿，一邊看大家在網路上的催稿留言時，冷冷清清的msn頻道突然被敲了一下。

「大哥哥，你好。」

對方，是個暱稱「無家可歸的美眉」。

我虎軀一震。靠，這樣也中招！

「好個屁，掰掰。」

我趕緊掐住滑鼠，想來個緊急斷線時，那位無家可歸的美眉很快又敲我。

「大哥哥，我離家出走惹，一個人在網咖好口年。」無家可歸的美眉。

我嘆了口氣，這種低級的假援交詐騙伎倆，休想教我上鉤。正當我心想絕對不可繼續往下交談時，屁股深處突然一緊，一股「圓形的力量」正在裡頭掙扎。

我腳底發冷，心想不妙，只好克制自己離線的衝動。

「好可憐？爲什麼不回家？」我痛苦地敲著鍵盤。

「迷又辦法，我爸整天性侵害我，我媽也帶著我弟弟逃家惹。我不逃出來，難道在家裡一直被性侵害嗎>///<，大哥哥好壞。」無家可歸的美眉。

「靠，報警啊，把妳爸關到屁股開花爲止啊。」我擦著額頭上的汗。

「可是他畢竟是我的爸爸啊，也有養育之恩，所以我只好自立救濟惹。」

「好孝順喔。」我好想關電腦，但屁股裡的異常能量越來越灼熱。

「大哥哥，你需要嗎？」

「我需要安靜。」我頭好痛。

我不是雞！不是雞！不是雞！

「不是啦！你好笨喔嘻嘻，我是說，你想不想要？」

「想要一台麥金塔macbook，黑色限量版，妳給我？」

「不是啦，你眞的好笨喔，我是說，大哥哥想不想要援我？」

援！關鍵字終於出現，這麼快就露餡了！

哼，是無知的援交妹或是詐騙集團也就罷了，我的第六感告訴我，網路的另一端根本就是一邊吃便當一邊釣嫖客賺業績的警察，那個警察說不定還一邊用手摳著肚臍傻笑……孩子的學習不能等，ptt鄉民都有告訴我！

「不用了，我吃素。」我按摩著太陽穴，頭好痛，屁股也好痛。

「幫助無家可歸的少女也是一種慈善事業啊，難道大哥哥想見屎不救嗎？難道大哥哥想要我回家繼續被大野狼爸爸性侵害嗎？嗚嗚嗚嗚，大哥哥好殘忍——壞死惹——」

「……夠了，妳想幹嘛！」我咬著牙，運勁跟屁股裡的大爆發對抗。

「嘻嘻，大哥哥住哪？」

「住彰化。」難道是妳心裡？

「好巧喔，我也正好在彰化的網咖耶！」

最好是那麼巧。

「大哥哥，既然我們很有緣份，那怎麼約？」

「不用約了，我直接贊助妳三千元住宿費，應該夠妳三個晚上不用被爸爸性侵害，這樣夠不夠意思？」我的屁眼好痛，痛得渾身盜汗。

無家可歸的美眉立刻給了我一組銀行帳號，我二話不說就透過網路轉帳把三千塊匯進那銀行帳號戶頭裡，當金額短少的那一瞬間，我的屁股突然不疼了……這就是硬要相信人的好處嗎？地下道裡那怪異老人說的一切，難道都是眞的嗎？

網路那端許久都沒有反應，大概是收到錢心滿意足了。正當我以爲花錢消災、鬆了口氣的同時，無家可歸的美眉突然又敲了我訊息。

「大哥哥，可是這樣我會不好意思捏，還是讓我幫你一下好惹。」

「不必了，我很久沒洗澡了，連我家的狗都被我臭死了。」

「嘻嘻，我最喜歡有男人味的大哥哥了。」

Damn it！還眞是鍥而不舍，十之八九是把我當沒腦袋的肥羊吧，想從我的身上剝走更多的小朋友。我在google上緊急尋找彰化警察局中正分局的地址，傳給了她，敲道：「好啊，如果妳眞的很癢的話，就趕快到我家找我止癢吧，大哥哥一定當仁不讓。」

「一言爲定喔，打勾勾。」

「好啊，打勾勾。」我打妳媽。

眞怕她又提出什麼要求，我逃難似結束網路。

步履闌珊走到客廳，心臟都快停了。我下意識想打開電視時，猛然想起了什麼，趕緊將遙控器丟在地上。好險，這年頭電視可不能亂看，萬一看到政客在唬爛，我豈不只有照單全收的份？

忍耐！非得相信的三件事只剩一件，只要撐過去，我的蛋白質就不會隨著屁股裡含著的蛋逐漸流失了，我也會重新變成一個完整的人，而不是雞人。

我惴惴不安地坐在客廳沙發，對尚未發生的恐怖第三件事胡思亂想起來，到底還有什麼可笑的爛東西我非得相信不可呢？是外星人入侵地球的新聞？不，這我早就相信啊！爲了避免遇上驚天大禍，我摸著還有點刺痛的屁股，下定決心打電話給小郭襄，希望她突然向我撒嬌，要我相信她會愛我一輩子，那麼只要我順理成章用力相信她，事情也就平安落幕。

但，人算不如天算，天算不如亂算。

我拿著手機正要按下最後一個號碼時，手機突然響了。一看號碼，是最可怕的未知來電。我很怕屁眼又開始抽痛，只好按下接聽。

「不好意思，請問您是柯景騰先生嗎？」電話那頭，文質彬彬的男人聲。

「正是在下。」我的手在發抖。

「請問您最近是否有在光華商場填寫一份針對日本AV女優的常識問卷？並獲贈非常難看的A光一盒？」聲音非常有禮貌。

「有印象啦。」我感到暈眩。

何只有印象，那盒非常難看的A光根本就是史前怪獸的Discovery介紹，而且程式還禁止快轉。要不是衝著在街上發問卷的女孩非常可愛，正直的我根本不會爲了這種爛獎品填寫問卷咧！

「恭喜！」文質彬彬的男人喜道。

「恭喜？恭喜我已經踏入了八奇的思考領域？」我的頭又開始痛了。

「不！是恭喜您中了填寫問卷的大獎！」

「是喔。」我很害怕出言不遜，屁股又會開始生蛋。

「獎品是非洲甘比亞七日豪華之旅！柯先生，您超幸運的啦！」

豪華？我看是豪洨之旅吧。

「是不是我必須先匯百分之十五的中獎稅過去，貴公司才能把獎品頒給我？」

速戰速決，我還是自己趴在地上任人宰割吧。

「上道，正是如此。」

「廢話少說，帳號給我。」

於是超級詐騙集團給了我帳號，我抄在紙上。

「對了，中獎稅是多少錢。」

「十五萬。」

「蝦小！十五萬！」

「是的，由於這是一趟價值一百萬的超級豪洨……不，豪華旅程，內容包含了各式各樣的部落儀式，甚至是集體河邊洗澡、吃人、釣水鬼、差遣蘿莉等等難得一見的風俗觀賞，是尊榮級的黃金旅程喔！一百萬的百分之十五，正是十五萬元整。」

「……」

我好想哭，不過還是匯了十五萬元的中獎稅過去，這才結束了我悲慘的三個相信之旅。錢可以再賺，屁股只有一個，這道理我懂……我寧願白白損失十五萬元當作中元普渡，也不願意花五萬塊去裝人工肛門。

經過這件事，我深深覺得唬爛別人是一件很要不得的事，當我照單全收那些詐騙集團的連篇謊話時，內心是多麼的糾結痛苦。每日三省吾身，我痛定思痛，要改掉我喜歡亂七八糟講話的惡癖。

「我，要成爲一個絕不豪洨的正直小說家！」我看著夕陽，擦掉眼淚。

等等，幸災樂禍的你以爲故事結束了嗎？

錯！大錯特錯！錯之極矣！

幾天後，痛失大把鈔票的我接到了一大包牛皮紙袋，裡面有非洲甘比亞國家的簽證，以及兩張來回頭等艙機票，還有中文的圖解旅行導覽，以及當地導遊的約聘名冊等等。

「什麼！這一切難道都是眞的嗎！」我驚喜若狂。

看了看近在咫尺的機票日期，我知道，非洲遙遠的鼓聲已經在呼喚我了。

踏上飛機的那一刻，我暗暗對自己發誓……

「回台灣後，我一定要好好寫一本遊記，紀念神奇的旅程！」

——在甘比亞釣水鬼的男人。

——完

獵命師傳奇系列【卷九】

目錄

〈鎌倉戰神的華麗殞落〉之章

第233話

朝代滅亡，朝代興起。
新的史冊蓋過舊的史冊，一卷又一卷。
灰，一層又一層。
最後，百萬個名字變得斑駁不可辨識，只是虛無的存在。
有些人的名字，則永遠會被記住。
他們的名字構成了真正的歷史。

□

西元一一八四年，日本。
烈日高照，賴朝遠在關東鎌倉，看著士氣低迷的大軍。

滿山滿谷的軍事帳篷，高懸的白色鎌倉旗幟底下，除了大大的「源」字，還繡著各地軍閥的家徽，在陽光下閃閃發亮。

但，空有滿山旌旗，卻嗅不出讓人遍體生寒的戰氣。

「這樣，就夠了嗎？」源賴朝看著天空。

身為源家的首領，此刻卻不在最大的戰場。

兄弟是很奇妙的，連生的命運。

保元之亂，源氏戰敗，身為源氏大家長的父親被梟首示眾，兩個哥哥被殺，賴朝自己僥倖被流放到伊豆國，過著備受監視的悲慘人生。幾個弟弟也不好過，分別被監禁在寺廟強迫剃度為僧。

十八年了，已經十八年了。

沒有源家的制衡，平家掌控了整個朝廷，重新分配諸侯的土地與權力，藉此打壓當初幫助源家的勢力。平家要風起風，要雨大雨，甚至有「不是平家人，便不是人」的傲語在各地流傳。

也幸得如此，平家的囂張氣燄燒起部分軍閥的不滿，給了被流放在外的源賴朝可趁之機，鎌倉政權崛起。

好不容易藉著討伐平家的戰爭，與自己流著相同血脈的兄弟終於在戰場重逢，共同掛著鎌倉軍的旗幟，齊心與平家的惡勢力對抗——這眞是一種難以言喻的複雜感。

這話該從何說起呢？

從實際的層面來看，對於奇蹟似重新崛起的源氏來說，能不能一報當年源氏被平氏抄家滅族的大恨，似乎已不是那麼重要了。這些年架空天皇、竊取國家的平氏一族，即使從京都暫時撤退，還是保有非常強大的軍事實力。只要得到些微的喘息，平家就能統合關西的地方勢力捲土重來，與鎌倉政權的雜牌軍一決勝負。

這一點，戰場裡上自軍閥領主，下至小兵役卒，每個人都很清楚。

這些冒險與平家翻臉的各地軍閥，其實也不敢再越雷池一步，每天都有軍閥掀開賴朝的帥帳，請求賴朝與平家展開議和，大家瓜分戰勝得到的領地也就足夠了。「這才是打仗的原因不是？」大家都這麼囁嚅著。

如果原地不動，糧草無限制消耗下去就足以拖垮鎌倉軍的士氣。

但若貿然開戰？僥倖成功也就罷了，只要一次小小的失敗，就足以潰散以仁義爲名、實則只是想從戰爭裡竊取利益的鎌倉軍。到時候，源家的命運就會打回十八層地獄。

然而，懷抱著復仇火焰的弟弟義經，卻急切地想對平家開刀，這樣單純的戰鬥思惟對擅長政治之舞的賴朝來說，根本是一個無法駕馭的不安因素，偏偏源家擁有太多對平家復仇的理由了，義經的膽大妄爲，更由於無法切割的「血緣」二字，讓賴朝頭痛不已。

終日看著死氣沉沉的鎌倉大軍，賴朝一顆心愈往下沉。

「廣元，這場戰爭，你怎麼看？」賴朝看著身邊的軍師。

「全都是趨炎附勢的小人，不成大局之師。」軍師廣元深刻了解主子的心思。

「有京都那邊的消息嗎？」

賴朝安插在京都的眼目，多得像蒼蠅一樣。

「天皇似乎很喜歡義經呢。」

「是嗎？」

賴朝心不在焉地回應著。

不曉得範賴❶跟義經的大軍，現在在一之谷的情況怎麼樣了。

士兵這麼多，只是虛張聲勢應該不成問題吧？

賴朝憂心忡忡地看著滿山的旌旗，心中暗暗思忖：「希望僵持不下的戰事，可以讓平家產生議和的想法，回復到二十多年前平家與源家共同侍奉天皇的時代。父親，您在天之靈也會原諒我這樣的想法吧。」

是啊，議和。

這就是賴朝將大軍委託給沒有軍事天分的弟弟範賴，而非急功進取的義經，背後眞正的原因——義經只有號稱千人力的武藏坊弁慶，以及不到一百人的敢死隊，就算他再怎麼好戰，也該有所自覺吧。

「義經，不要成爲源家崛起的絆腳石啊。」賴朝暗暗祈禱著。

❶源賴朝的弟弟，率領真正的大軍，可惜毫無戰術天分，自始至終未建寸功。

第234話

「終於到了。」

連續好幾天的趕路，義經與三十名疲憊的騎兵來到一之谷的大後方。

沒有山，沒有地，只有突兀橫臥的天空。

山峰垂直削落，讓眾騎兵不知所措的斷崖。

近乎垂直的斷崖下，插滿了平家的紅旗。

依稀可以聽見，遠處，兄長範賴的一萬大軍正與平家有氣無力作戰著。

平家仗著天險與數倍於源家軍的優勢，輕易地防禦住「唯一」進入一之谷要塞的關卡。稀稀落落的吶喊聲，彷彿戰事只是一場虛張聲勢的表演。

這，不是義經要的戰爭。

十八年前源家被滅，天下第一美女的母親常盤被平家俘虜。爲了保全義經的小命，常盤終日下跪求情，並捨身嫁給平家的首領平清盛爲妾，這才將義經保住。還是嬰兒的義經被平家送進鞍馬山，出家爲僧。

從小在鞍馬山長大的義經，受盡山裡僧侶的虐待，過著生不如死的生活。某天陰錯陽差，義經發現自己眞正的身世原來是源家的後裔，從此便對滅亡源家的平氏懷著巨大的恨意。尤其，義經發現生母竟被無恥的平家搶奪爲妾，心中的憤怒更是無法遏抑——母親是忍著多大的屈辱，被迫與殺了自己丈夫的男人睡覺！

那股恨，越來越恐怖。

恨侵蝕了義經的靈魂，也壯大了義經的力量。

恨，將義經帶到這裡。

一之谷。

第235話

一身華麗的火紅冑甲，鍬形長角的魔神頭盔，義經冷冷看著斷崖下。

一個扛著長槍的巨人，頑石般矗立在義經身旁。

「弁慶，你相信命運嗎？」義經。

「不。」武藏坊弁慶頓了頓，說：「殿下，我只相信你。」

義經的眼睛裡，火耀著神的光彩。

「那便夠了。」

義經拉起馬繩，氣勢沸騰，大喝：「想保護我，得跟緊了！」

眾騎兵目瞪口呆看著義經果敢地策馬落谷，一時無法反應。

而弁慶第一個勒住馬繩，逼迫驚恐不已的座騎跟著衝下山谷。

「不要命了嗎？」

「我們作戰的目的，不就是為了得到封賞嗎？」

「騙人的吧，這就是義經說的捷徑嗎！」

「夠了吧……這種斷崖我們也是無能為力啊！」

「這是瘋子的行徑！還沒衝到敵陣就先摔死了！」

「必死無疑的作戰！」

義經沒有發號施令，眾武士心裡也是千百不願，但無法解釋的是，當他們看著主帥義經與第一勇士弁慶衝馬落谷的背影，自己的身體卻像火焚一樣，激烈地想呼應主帥瘋狂的舉動。

如果是著魔，那便著魔吧。

三十名騎兵自陡峭的山谷連摔帶衝，以驚人的氣勢「降落」在平家軍營的大後方。對以逸待勞的平家軍來說，這區區三十名騎兵跟鬼魅毫無二致，莫名其妙地出現在軍營的核心，一時軍心大亂。

源家敢死三十騎，在衝進敵陣的同時射出無數火箭，沒有防禦的軍營濃煙四起。按照計畫，這三十名賭上性命的騎兵還沒抽刀殺人，就先在火勢的掩護下，將預備好的、象徵源家的白旗快速插在樹上，製造出大軍來襲的假象。

首先衝進敵陣的義經穿戴著巨大的火紅盔甲，散發出極其恐怖的殺意，只要被他瞪上一眼，靈魂就會立刻出竅似地戰慄。

守護在主帥身邊的巨人弁慶，力貫千鈞，狂舞的長槍只要輕輕一掃，就是十幾顆人頭飛上天際。他的如雷吼聲，就是連敵人的馬匹也抵受不了。

不要接近！

絕對不要接近！

這是平家軍看見這主僕兩人，唯一堅定的想法。

「我等的，就是這一天！」義經的眼睛發紅，手中刀拖起一條長長的紅光。

義經飛馳雷電的行動看似飄忽不定，但仔細觀察，他總是朝著敵人最密集、盔甲最鮮豔的頭頭兒衝去。義經知道那些才是真正他要殺死的對象。

「誰！」義經策馬咆哮。

「平……通盛！」平家的將領鼓起剩下的勇氣回答。

但刀還沒舉起，頭就先落下。

火焰盔甲衝出。

「還有誰！還有誰！」義經拽起平通盛的頭顱，瘋子般又衝進另一敵陣。

平家的武士團團圍在重要的主將前，羽箭齊發，試圖擋下瘋狂的義經。

「誰敢擋我主人！」弁慶的座騎刺蝟般倒下，他乾脆用雙腿奔跑。

弁慶神力驚人，長槍插地，左右兩手各自擰住敵馬兩匹，擎力一甩。

兩馬砲彈似摔進固若金湯的敵陣，箭手死傷慘重。

敵陣再度潰散，義經復又衝出時，手裡又多了兩顆人頭。

三萬平軍，竟不能擋。

「我！源義經！平家還有膽子的就衝過來殺我！」義經眼神入魔，大笑。

手裡三顆人頭，頃刻又成了五顆。

可怕的氣勢，在短短的時間內爆發出駭人的謠言。

「源家的萬人大軍突襲啦！」

「怎麼回事！到處都是源家的旗幟！」

「快逃啊！好幾萬人殺進來啦！殺進來啦！」

「突襲！突襲！前面的人已經開始逃了！」

「大將都死了！現在應該聽誰的！誰在發號施令！」

哭嚎著，尖叫著，濺血著，火焚著。

謠言重創了平家軍，就在義經發瘋殺人的同時，弁慶一槍劈垮了關卡大門，放範賴渾渾噩噩的大軍湧了進來。聚集三萬多人的平家軍事要塞就這麼崩潰。

那天，塞滿一之谷的屍體，堆出了日本史上前無古人，後無來者的傳說。

戰神，源義經。

破壞神

命格：天命格

存活：無

徵兆：傳說中，超越天道與魔道之上，有種無堅不破的規律叫「因果」。因果宰制大地的氣運，如果大地發生連續不穩定的紊亂，因果律將降下吞食任何朝代的霸者，將所有的不穩定因子重新歸零，其名曰，破壞神。歷史上著名的諸多悲劇英雄都遭此命格棲宿。

特質：破壞神的能量極為強大，非凡人可以器之，所以破壞神尋找的宿主本身必是性格極端的超人，此人一旦駕馭了破壞神的恐怖力量，將會以非凡的魅力統御該時代的群雄，狂妄的巨大力量，將暴力地平衡大地的氣運。

進化：幾乎已是成妖的巔峰狀態。大地若回復平衡，破壞神將毀滅宿主本身，命格能量回歸為零。

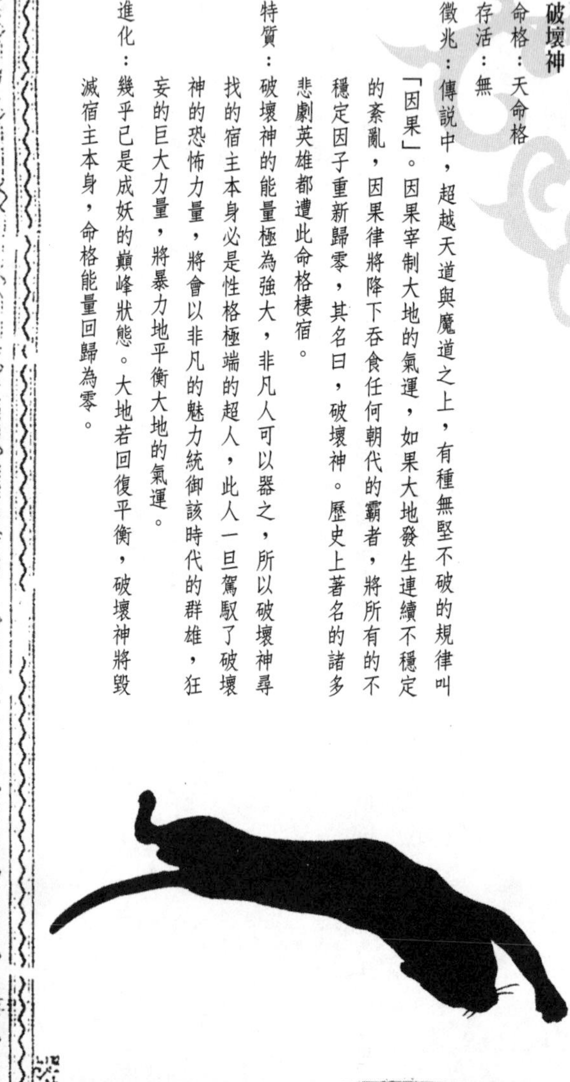

第236話

京都來的信使，一落馬便直奔鎌倉政權的核心，賴朝的跟前。

「大勝！前所未有的大勝！」信使大叫。

甫聽聞到一之谷大捷的賴朝，錯愕地看著天空。

沒有勝利的喜悅，沒有源軍重建聲勢的快樂。

今天的太陽，怎麼耀眼到讓人頭痛欲裂！

這已是弟弟義經第二次創造大戰功。距離上一次擊潰盤據在京都的木曾義仲軍團的「宇治川大戰」，甚至還不到一個月！

信使滔滔不絕地敘述奇蹟似的勝仗。

「真乃神蹟！一之谷大捷，義經殿下親手斬下平通盛、平忠度、平經俊、平清房、平清貞、平敦盛、平知章、平業盛、平盛俊、平經正、平師盛十一位平家將領，平重衡也被我軍俘虜，平家的軍隊吃了有史以來最大的敗仗。可惜殘軍逃到了港口，搭船到了屋島，我軍沒有水師，故沒有追擊。」信使繼續說著。

說著說著，熱烈說著。彷彿信使就在一之谷的現場，親眼看著義經衝鋒陷陣。

賴朝根本無心細聽這些。

到了此刻，賴朝才眞正看見棲息在自己內心的那頭獸。

貪戀權力的怪獸。

原來，自己的敵人從來就不是遙遠的平家，而是同樣流著源家血液的義經。

自己才是源家的代表啊，如果義經的聲望超過自己就糟了！

這是賴朝心底不斷浮起的一句話。

賴朝內心戰慄，表面上卻絲毫不落痕跡，只有軍師廣元洞悉了主子的想法。

比起軍情，主子更關心的是政治。

「把京都的情況說得詳細一點。」廣元詢問信使。

「現在京都一片歌舞昇華，所有人都在頌揚義經的戰功！」信使還看不出主子的情緒變化，用略帶興奮的顫抖語氣說：「京都從來就沒有過這樣的熱鬧氣氛！大家都說義經是前所未有的天才，竟然只用了三十名武士就打敗三萬名平家軍，這不是奇蹟兩個字所能解釋——大家都說，義經是戰神！」

「法皇呢？法皇怎麼看義經？」

「範賴與義經凱旋歸來那天，整個京都的男女老少都擠著看義經，連法皇都興奮地裝扮成尋常人家，躲在轎子裡觀賞義經騎馬的模樣。」信使鉅細靡遺描繪著：「義經回朝後，法皇立刻召見義經，顯得對義經更喜愛了，還詢問義經想要什麼封賞。」

這下真的不妙。

關東的武士雖然勢利，但最崇仰的終究還是勇敢的武士。自己辛辛苦苦打著源家後裔的名號，一點一滴將對平家不滿的軍閥勢力集結起來，而現在，所有的功勞竟被弟弟義經一場莫名其妙的勝利給搶走……

又說，法皇代表「萬世一系」的正統，不管實際把持朝政的是哪方人馬，如果不能得到法皇的認可，統治的政權就沒有合法性，如此，其他的勢力永遠都有藉口反抗。

如果連法皇都擁戴義經……

「那麼，義經怎麼回答？」廣元淡淡問道。

「義經說，任何拔擢都得賴朝大人應允才行。」信使匍匐在地。

很識相嘛！

但這麼一來，義經在鎌倉就沒什麼把柄了。

賴朝微微皺起眉頭。

「下去吧。」

「是。」

信使退下。

久久，賴朝不發一語。

說起義經這個弟弟，他滿腔熱血，情感異常豐沛，這點只要跟義經相處片刻，不管是誰都可以看得出來。對於「政治」，義經似乎完全不感興趣，只對「戰鬥」充滿野獸般的衝勁。每次義經見到賴朝盡是談論對平家的復仇大計，眼中便綻放著對兄長的傾慕，與依賴。

就像個小孩。

有威脅嗎？

那樣的弟弟真會給自己帶來威脅嗎？

賴朝看著足智多謀的廣元。

「法皇是個工於心計的傢伙。」廣元謹慎開口。

賴朝瞥眼看了雙目低垂的廣元，示意他繼續說下去。

「最糟糕的情況，法皇要是使計搬弄，鼓吹義經脫離鎌倉、在京都另起親近法皇的源氏政權……」廣元看著賴朝的影子，有條不紊分析道：「義經立此大功，追隨者一定越來越多，人多口雜，就算義經沒有這樣的想法……」

「有什麼話就直說吧。」賴朝雙手攬後。

低著頭，廣元依照「那個人」的指示，終於說出了那句話。

「這麼巨大的戰功，會製造出大妖怪。」廣元深深嘆口氣。

「……妖怪？」

賴朝扶著軍旗坐下，腳步不穩。

妖怪嗎？

弟弟是妖怪？

「此話怎說！你竟敢說出這種話！」賴朝怒道。

然生氣只不過是賴朝的表面情緒，真正籠罩他的陰影，名字叫恐懼。

廣元誠惶誠恐跪在地上，說道：「恕臣無禮，但事到如今，有些事不能不防。主公可曾聽過中國唐朝的玄武門之變？」額頭的汗水浸溼了土。

賴朝當然聽過，卻不接腔。

廣元於是用懇切的語氣，描述了他口中手足相殘的歷史。

中國唐朝，唐高祖的兒子李世民在滅隋的戰爭裡軍功卓著，萬民歸心。仗著這點，李世民率領親兵在長安城的玄武門發動軍事政變，殺死太子李建民與哥哥李元吉，史稱玄武門之變。最後，李世民的氣勢甚至逼使父親讓位，提早當上了皇帝——也就是唐太宗。

這比喻的用意，再清楚不過。

賴朝外冷內熱，忍不住看著匍匐在地的廣元，咬牙問道：「軍師有何高見？」

「依臣之見，主公須封賞所有參與一之谷會戰的武士，獨獨漏掉對義經的拔擢，將一之谷的勝利歸功於鎌倉這邊的武威，而非義經的天才。」廣元沒有抬頭觀察賴朝的神情，繼續獻策道：「當然，我們也得把義經的軍權扣住，不讓他掌握實際的兵馬。」

「嗯？」

「義經雖然在作戰上很有天分，但義經心浮氣躁，一定會對鎌倉的這項決定不滿，並開始懷疑鎌倉這邊是不是有什麼抹黑他的流言，此人一亂，行爲便易不端。」廣元推敲未來的發展：「至於法皇，法皇一定會藉此大力封賞義經，讓他不得不接受官位。只要義經未經鎌倉的同意接受官位，我們就可以用義經傲慢的理由，漸漸疏遠義經，把義經孤立在源家之外。」

「這麼做，難道義經不會叛變嗎？」賴朝有些不能認同。

「如果義經一心向著主公，想必不會有所行動，甚至還會痛斥己非。但若義經有貳心，趁著義經羽翼未豐，逼得他提早造反豈不更好？」廣元裝出憂心忡忡的神色：「若等到民心歸附義經，軍隊只相信義經的戰神神話時，鎌倉就會有分裂的危險。要除掉妖怪，就要讓他早點變成妖怪。」

「就照你說的去做吧。」

賴朝面無表情，說道：「將參與一之谷戰役的武士名單給我，我要親自封賞他們官位，讓他們清楚知道誰才是眞正的主人。」

「是。」廣元退下。

賴朝獨自一人，坐在偌大的主帥棚裡，空洞地沉思著。

歷史，最終會站在自己這邊的。

因爲，歷史一向是由最後還笑得出來的人所編撰的。

那個人，不會是義經。

不會是義經。

第237話

不讓義經打仗，只會打仗的義經，自然就無法延續戰神的神話。

來自鎌倉的軍令讓義經非常的苦悶，偏偏鎌倉與京都隔了十萬八千里，要當面懇求賴朝，只有透過信使之間久久一次的往來。

待在浮華的京都，對年輕人的義經來說，一開始的確是新奇好玩，但日子拖久了，只有遇到戰爭才會整個人活過來的義經，精神越來越委靡，唯一的樂趣就是每個晚上都換不同的女人睡覺。更不用說誓死跟隨義經的那群武士，根本完全墮落在五光十色的京都裡。

義經在一之谷立下震懾天下的軍功，賴朝卻從來沒有誇獎過他，這些義經都沒有怨言。但哥哥遲遲沒有命令他率領軍隊追擊平家，讓他感到非常悲哀。

人世間的種種天才，都有一個相同的特質。

當所謂的天才專注在他們的強項、甚至是唯一的強項時，他們就會投注所有的靈魂，燃燒自己直到最後一刻。可是，一旦抽離了他們專注的領域，這些天才就會變成白癡，漠不關心、無法集中注意力、徹底忽略。

義經也是。

義經的生命如果有個主題，肯定是「消滅平家」，除此之外義經都感到意興闌珊。這是他的弱點。

極大的弱點。

「爲什麼哥哥還不派我追擊平家呢？」義經苦惱。

卻沒有人能夠回答他的問題。

在漫漫無期等待賴朝的軍令時，備受法皇喜愛的源義經，果然如廣元的預期，得到法皇賞賜的官位。事實上，法皇幾乎每天都召見義經，希望兩人之間的關係更加緊密。

該不該接受官位呢？

義經的身邊都是只會揮刀的粗人，唯一能夠商量幾句的，就是僧兵出身的武藏坊弁慶。但弁慶殺人如龍，對於鎌倉與法皇之間玩弄的「政治」，同樣不諳箇中奧祕。

「說不定你哥哥是想將你的官位，交由朝廷決定，畢竟一之谷大捷是前所未有的勝利啊，沒道理你哥哥會獨獨忽略掉你的功勞啊。」弁慶搔搔頭說：「對於源家來說，法皇的賞賜應當是莫大的殊榮吧！」

「是啊，如果一直拒絕法皇的賞賜，恐怕會傷害到鎌倉與朝廷之間的關係吧。」另一個部屬的思路也很簡單。

「原來如此，我差一點就錯怪了哥哥的好意。」義經口中如此，卻還是有一片陰影困擾著他。

但他沒有精神仔細思考。

算了，不打仗的話，官位再大都無關緊要。

於是義經在全身乏力的狀態下，接受了法皇賜與的「判官」一職。

□

「果然接受了嗎？」

賴朝看著跪在地上的密使。

「是。」密使不敢抬起頭來。

那便有了日後毀滅義經的藉口。

「範賴的大軍籌備好了嗎？」賴朝看著另一個密使。

「是。」密使跪答。

「傳令下去，即日由範賴率領大軍出擊屋島，而義經，就讓他留在京都好好反省他擅自接受官位的叛逆。」賴朝淡淡交代軍師廣元，廣元領命退下。

看義經是要墮落，還是要發狂吧。

第238話

一一八四年九月，源賴朝刻意冷落源義經，只派源範賴征討平氏。

「去死吧！你們一定會敗北的！」

義經發瘋似地在院子裡咆哮，武士刀將院子裡的大樹砍得傷痕累累。

「敗得一場糊塗！連一個人都別想活著回來報喪！」義經吼著氣話，又是一刀。

可歎，就只能砍在樹上。

這些畫面，看得武藏坊弁慶心裡十分難受。

他了解他的主人，這些年的同甘共苦讓他明白義經的自負，來自強迫他人相信自己的難解痛苦。而這樣的自負經過一連串把命賭上的勝仗後，滾雪球般，演化成無堅不摧的、對命運的信仰。

「能夠擊敗平家的人！就只有我而已！」義經悲憤地用頭撞樹，哭喊著：「只有我才能夠吞噬平家！哥哥難道沒有意識到這點嗎！只有我！戰神源義經啊！」

弁慶偷偷擦去眼淚，頭垂得比誰都要低。

如果無法在戰場上守護義經，他也失去了生存的價值。

——是的，對弁慶來說，他的人生主題就是如此。

「主人，要不，我們啟程去見賴朝公吧！」弁慶微弱的聲音，出自他黑岩般的巨碩身體：「不帶一兵一卒，就我們兩個跪著三天三夜，祈求賴朝公赦免我們擅自接受朝廷的官位，賴朝公一定會被我們的誠意感動，答允讓我們帶兵出征的！」

「不！我要哥哥求我！我要哥哥用他的失敗來求我！」義經哭紅了眼，軟弱無力地抱著染血的大樹。

像個脾氣暴躁的孩子。

哪裡是什麼戰神了？

秋天染紅了山谷，義經的命運寄託在另一個哥哥範賴的失敗上。

而義經的掌心，燃烈起他怎麼揮、怎麼甩，也無法緩解的灼熱感。

第239話

義經的憤慨成眞了。

範賴的大軍爲繞到平氏背後，取徑山陽道，但爲平氏識破，範賴大軍遭平行盛截斷，關門海峽亦爲平知盛封鎖，陷入兵糧不繼的困境。

在義經出現之前，日本歷史裡沒有「戰術」的概念。

天底下的戰爭很簡單，就是統計雙方兵馬的數量，誰的兵馬多，誰就占優勢。所謂的決戰，就是武士互拚勇猛，是以雙方作戰前夕必須射箭招呼，然後才是一板一眼的衝鋒互砍。沒有突擊，沒有計策，政治與戰爭切割不開，禮儀與戰爭切割不開……

範賴率領的鎌倉軍隊，就擁有「大軍」構成的所有條件，浩浩蕩蕩，白旗蔽天，此刻「人數」卻成爲反噬軍隊的致命傷。

諷刺，範賴的大軍離開京都時意氣高昂，但糧道被截，範賴五萬大軍每搜尋到一處藏有食糧的村落，短短一個小時內，就吃光所有能夠吃的東西。日復一日，範賴的大軍已經被飢餓拖垮。

軍事會議也不召開了，每天都有逃兵，每天都有家臣冒著砍頭的危險提議撤退。即使召開了軍事會議，議題永遠都是「據說哪個地方還藏有食物」。

什麼鎌倉？什麼源家？毫無軍事才能的範賴率領的「軍隊」，已變成了一支「尋找糧食比作戰還要重要」的打食集團。

「哥哥爲什麼不遣義經來幫我！好歹義經的敢死隊可以保護軍糧啊！」範賴看著正被屬下宰殺的戰馬，無奈地咒罵著。

對老是搶走所有戰功的義經，範賴始終頗有微辭，到了此時也不得不怨嘆賴朝的見事不明。

如果有義經，最大的好處還包括可以將戰責推卸到他的頭上不是？

範賴感覺肩膀沉重。

第240話

秋意濃。

源家軍化爲異域裡的一堆白骨，只是時間的問題。

遠在鎌倉的賴朝，盡力給予範賴糧食補給上的照應。爲了避開平家神出鬼沒的截糧部隊，賴朝好不容易湊齊了八十艘船載運軍糧，勉強撐住了範賴的打食軍。

「主公！長久下去，遠征軍會失敗的！」風塵僕僕的信使跪在地上，嘴唇發白，大膽建言：「範賴將軍懇請主公，務必增加比現在多十倍的糧食！」

何止失敗，源家會自取滅亡的！

糧食的問題不只困擾著作戰的前線，即便是維持鎌倉的本軍，也顯得日益艱難。就算捉襟見肘弄出八百艘船的軍糧給範賴，範賴那庸才也無法突破平家的封鎖，他所能做的，就只是把更多的軍糧慢慢吃掉罷了。

需要一場勝仗！

需要一場奇蹟般的大勝仗！

「必須速戰速決！這場戰爭越拖下去，對我軍，對鎌倉，就越不利。」廣元沉吟道：「若否，我們就只能再派密使與平氏談判，拋卻戰爭，回到源氏與平氏共侍法皇的時代了。」

「和談？」賴朝喃喃自語。

一之谷大勝後，源家氣勢大漲，各地原本選邊站的諸侯、軍閥都對自己大拋媚眼，如果就這麼放棄獨霸天下的機會，不僅平氏死灰復燃，就連各路諸侯也會看不起自己，暗中與平氏重修舊好了。

對於政治，賴朝可是個精打細算的聰明人。

「廣元。」

「臣在。」

「我要重新起用義經。」

「主公！」

「那小子只會打戰，那就讓他打戰吧。」

賴朝一下子老了很多。

「鎌倉是我們好不容易建立起、可以與朝廷分庭抗禮的體制啊！而體制的敵人，就是永遠反其道而行的英雄啊！」熟讀中國歷史的廣元激動不已：「主公，難道您要親手創造出瓦解體制的英雄嗎？」

賴朝不再說話，揮了揮手。廣元跪著退下，心中暗暗訝異。

這一切挑撥離間的劇本，竟都在「那個人」苦心經營的劇本裡。

□

「哥哥！」

就在所有親信都鄙視賴朝的命令時，義經卻痛哭流涕地跪在地上。

親信們個個都傻眼了，每天都在咒罵鎌倉的義經，現在卻像一個終於得到糖果的流鼻涕小孩。情感異常豐富，就跟他在戰場上一樣變幻莫測。

只要能夠消滅平家就對了！而且，只有自己才能消滅平家！

那紙任命帶兵速戰的軍令，簡單地寫著：

「九郎❷，為我打一場勝仗。」

一句話，便讓義經感動得不能自己。

哥哥終於還是相信我了，一切都是誤會，是哥哥在磨練我的意志與忠誠。

「弁慶！」義經霍然站起。所有親信握住刀柄，熱血沸騰。

「是！」弁慶雙拳互砸，發出恐怖的爆裂聲。

義經緩緩戴上紅色的鍬形頭盔，整個人猶如著魔。

「我一定會帶給哥哥，一場空前絕後的大勝利！」

---

❷義經的全名是源九郎義經，乳名牛若丸，童年人稱遮那王。

小心抑抑

命格：情緒格

存活：一百年

徵兆：非常容易恐懼莫名其妙的芝麻小事。拆竹筷時若被細刺勾住皮膚，就會痛到臉色蒼白。洗臉時不敢閉上眼睛，怕看見鏡子裡突然出現鬼怪。前腳剛踏出門，就會擔心瓦斯是否沒關好而回家再三確認。絕對不靠近沒有欄杆的陽台。「小心駛得萬年船」是眾多宿者一貫的座右銘。

特質：心臟太小顆，幾乎撐不起對世界的正面看法。宿主很容易成為創作者，傳言恐怖漫畫家伊藤潤二即是其中之一。

進化：恐懼炸彈

第241話

戰事膠著，平家帶著另立的幼帝與三神器❸，有條不紊退守讚岐的屋島。

屋島自古以來即是海上堡壘，控制著瀨戶內海，有如一支瞄準大阪灣的長弓，平家大軍在屋島休養生息，積蓄將箭射回京都的氣勢。

比起熟稔海戰的平家，擅長陸戰的源氏還在一手跟諸侯們張羅船隻，一手自行打造船隻，半知半解地準備暴雨將至的海戰。糧食，也在這段期間內如同被鯨魚劫掠似消失。

而義經與其一百多騎的敢死隊，就在接到軍令的第二天就啓程前往渡邊埔漁村，與遠在山陽道的源氏大軍來個不理不應，義經自己籌措著進攻屋島需要的「海軍」。

兵貴神速——義經的想法很簡單，這句兵法的意思不就是越快越好嗎！

「所謂的戰術，就是出其不意。」義經精神飽滿地看著勉強湊齊的軍船，對部下發表演說：「閃電開始作戰，然後在敵人還沒睜開眼睛就結束。」

理論正確，但一百多名屬下目瞪口呆看著他們的主帥。

所謂的軍船不過五艘，每艘可以載運三十匹馬、三十名戰士，以最好的狀況來說，這不過是一支一百五十名騎兵的軍隊。

「不覺得我們人太少了嗎？」

「為什麼不跟範賴的軍隊會合後，再進行海戰呢？」

這是每個人的疑問，就連一向堅信義經的弁慶，眼神裡也閃爍著這個疑惑。

大家都沒開口，然義經不是笨蛋。面對這個問題，他可是有備而來。

「根據漁夫打聽的情報，平家的軍隊爲了警戒範賴的大軍登陸，派了很多軍隊分散在海岸線防禦，但海岸線太長了，留守在屋島本營的平軍，估計絕對不到三千人。」義經精神奕奕地宣布這個「好消息」：「海岸線這麼長，我們隨意找塊地方登陸，然後衝馬到屋島本營。平家總以爲我們源軍會從海上大剌剌過去，所以軍力配置都放在海上，一定沒有料到我們從背後陸地翻山過來，殺他個措手不及。」

義經本以爲會看到大家振臂狂呼的畫面，卻只見到大家面面相覷。

什麼啊！這樣不就是以一敵二十的局面嗎？

對方還是以逸待勞的姿勢呢！

「想想一之谷，我率領三十騎兵就殺得三萬平軍哭天搶地，區區三千人，怎能抵擋！怎能抵擋！」義經瞪著大眼，用力拍拍船身。

大家都笑了。

於是，義經也笑了。

日本的戰史上，幾乎沒有大將親自擔任衝鋒的位置。大將之所以爲大將，性命的重要自然不同凡響，理應位在中軍、指揮全局，哪有像義經這般，老是自己披掛上陣，還趨馬衝到箭頭，搶著砍掉敵將腦袋的「狂人」？

然而這點，也是義經讓敢死隊心悅誠服的個人特質。

主帥是全日本最勇猛的人，就算是死，他也從不畏懼。那麼，一無所有的自己，跟源家嫡系有大好富貴可享的義經比起來，又有什麼好畏懼的呢？

義經抬頭，看著五彩斑爛的天空。

據鄰近的漁夫所言，這種奇異的天色，意味著今明兩天會有暴風雨來襲。

在平和的日子渡海攻擊屋島，只怕等不到上岸，就會被平家的水軍發現，直接殲滅在海上了吧。自己再怎麼厲害，也無法在搖搖晃晃的大海上以寡敵眾。

所以，唯一的答案，就是暴風雨了——義經如此單純地信仰著。

一名從小生長在海邊的屬下觀察義經的臉色，知道義經接下來的企圖。

「將軍，但我們還不能夠出擊。」那屬下大著膽發言。

「爲什麼？」義經皺眉。

「這些船隻都還沒有裝上後舵。」屬下看著倉促改造的船隻：「如果趕工，大概還需要至少三天的時間。」

「後舵？後舵是用來做什麼的？」義經不解。

「簡單說，就是讓船隻可以自由進退的裝置。」屬下答道。

義經沉默了。

他有個壓抑不了的破壞慾望。

這種慾望一旦被挑起，就無法和平地終結。

「所謂的戰鬥，就是不斷地進攻！攻擊！攻擊！直到敵人全軍潰敗爲止！」義經頭開始痛了，他就像個頭髮噴出血來的厲鬼，大叫著：「還沒開始戰鬥就想什麼後退？如果戰敗了，就只有死去一途不是！就算追平家追到鬼界，我也在所不惜！」

弁慶頭也痛了，只要義經開始固執起來，別人就完全沒有辦法了。但放任義經胡鬧大叫下去，只怕所有武士都會覺得很恐怖。

天空越來越暗，雲的形狀也越來越奇怪。

風勢，也怪異了起來。

「我相信九郎殿下。」弁慶滿不在乎地說。

一百多人不約而同看著弁慶。

「而且，我也不相信自己會死。」弁慶溫暖地微笑：「怕死的人，就騎馬跟在我後面吧。我長槍一掃，起碼可以讓十個敵人飛起來。」

就這樣，所有人都豪邁地大笑起來。

❸（摘改自維基百科）日本天皇的三神器指日本創世神話中，源自天照大神的三件傳世之寶，是日本天皇正統的象徵，類似中國古代的傳國璽。其中包括：八咫鏡（やたのかがみ）：一面鏡子，應該是銅鏡。天叢雲劍（草薙之劍）（あめのむらくものつるぎ）：一把銅劍，相傳是素盞鳴尊降伏八岐大蛇後，斬斷蛇尾而得到的劍。八尺瓊勾玉（やさかにのまがたま）：一顆尖辣椒形狀的玉珠。三神器通常是由上任天皇傳給下任天皇，有非常重要的合法性意義，沒有三神器，天皇就不算擁有完整的法統。

第242話

是夜，五艘軍船在暴風雨的「掩護」之下，順著湍急的海流出發。危險的狂風呼嘯著，如果張滿帆，帆柱立刻就會被吹斷。在大自然窮凶惡極的巨大威力下，所有船隻都一齊翻覆也是很平常的事。

風大，潮猛，義經的雙手手掌又開始像火焚一樣灼熱著，他感覺到有一股無法言喻的力量，正冥冥中吹動著這場暴風雨。

就在這樣的超高速航駛下，原本需要三天的航程，義經的敢死隊只花了四個小時就登陸了。沒有在風雨中覆滅，所有人都活了下來。

「眞是太幸運了。」登上岸，每個將士都吐了。

義經虛弱地穿起盔甲，在弁慶的幫忙下把鍬形頭盔戴上。

「我們的幸運，是賭命贏來的。」義經咬著牙，嘔出一股酸水：「痛快接受它吧，這是我們應得的。」

岸上，幾個漁夫呆呆地看著這群不速之客。

「喂！這裡是哪？」弁慶朗聲問道。他是唯一神智清明的人。

「各位在阿波的勝浦。」漁夫戰戰兢兢。

「離屋島還有多遠？」

「很遠。」

「騎馬需要多久的時間？」

「至少也要兩天吧。」

弁慶一問明了去屋島的路線，義經提著刀，猝不及防地砍掉那些漁夫的腦袋。

忙著嘔吐的大家都傻眼了。兩軍尚未開戰，先丟性命的，卻是無辜百姓。

「如果不想傷及無辜，就快點上馬吧！」義經甩掉武士刀上的鮮血，正色道：「跑得越快，越少人看到我們，奇襲才能奏效。」

眾人稱是，一一上馬。

此後整整一天，一百多名死士星夜奔馳，唯一的停頓便是有人在馬上睡著摔下了，眾人只好停下來將他踢回馬鞍上的空檔。

一天，就跑完了兩天的路程。完全就是一之谷偷襲的戰法！

等到義經的百人敢死隊衝抵屋島時，做夢都想不到源家軍隊會從山路出現的平家本營，如常進行著每天的作息。

義經疲困的軍隊躲在樹林後面，做最後、也是唯一的戰前休息。

雖然這絕對是場成功的奇襲，但這一百五十名身心俱疲的敢死隊看到偌大的平軍營帳，心中不禁生起「今日所求的，不過是痛痛快快戰死在驚訝的敵人面前」這樣悲觀的想法。

大夥吃著飯糰，喝著水，忍不住把眼睛看向他們家的老大。

義經像條蟲子，全身縮在陰涼的樹洞裡熟睡著。他把握每分每秒調節體力，因爲要砍下三千個腦袋所需要的臂力可不是說著玩的。他說砍就砍。

話說如此，身爲主帥，義經還是缺乏了什麼。

那點，便由弁慶挺身而出。

「其實，要打敗三千人一點也不難，因爲我們不是要殺死三千人，而是要打敗三千人，這中間有很大不同。」弁慶用他巨大的手，安撫著四腿顫抖的戰馬。

大家洗耳恭聽。

弁慶以武人的算術法，爲疲困的眾人解說著：「以一百五敵三千，最重要的便是營造出擋者披靡的氣勢，首先，每個人負責砍下五個來不及拿起武器的笨腦袋，這樣就有七百五十個腦袋掉在地上了。這個階段，我軍折損二十人。」

「這樣就剩兩千二百五了。」一個武士稍微打起精神。

「看到地上血淋淋的七百五十顆腦袋，還想繼續戰鬥的，大概只剩下一半，也就是……一千一百多人。」弁慶數著手指頭，繼續說道：「一千一百多人裡，鬥志與武力皆可與我們一較高下的，算他個八百。」

「一百三十鬥八百，我們的機會不小啊。」一個蹲在樹上警戒的武士笑道。

這已經，是個可以較量的數字。

「錯。」弁慶咬著飯糰。

大家的精神都來了。

「我一個人就可以殺死五百個人，我說到做到。」弁慶吞下飯糰，雙掌拍拍自己的巨臉：「剩下的，你們就一人兩刀幫我解決了罷。」

眾人瞪大眼睛，幾乎就要衝下山坡。

熱血沸騰這四個字，就在此刻達到了頂點。

「說的好。」

樹洞裡，義經睜開眼睛。

其實，弁慶哪裡懂這些。這番恐怖的武人算術，還是義經事先教他背誦的。

義經此人一向勇敢大過冷靜，若這番算術從他口中說出，眾人恐怕會存疑義經只是在策略性進行鼓舞士氣的舉動，要大家陪他送死。但，若是由笨拙的弁慶說出這種怪異的算術，眾人便會死命地相信。

此時，大家依照原先的計畫，開始在群樹抹上松油，林子裡發出刺鼻的氣味。

眾人綁上白色的敢死隊頭巾，上馬，手持火把與長刀。

「火一燒開，巨大的火勢會帶給平家巨大的想像，我們就衝下去決一勝負。」義經躍上馬，調整一身火紅的華麗盔甲。

那鍬形的魔神巨角頭盔，腰間的黃金太刀，就是他鮮烈的戰神標記。

哥哥，你看著。

我的名字將成為你最強壯的後盾。

接著，義經下達了有史以來最有自信，也是最囂張的風格戰術。

「每個人，都大叫我的名字。」義經拔出刀，策馬朝平軍營腹衝下。

松油點燃，平家的命運已決定了。

「源義經！」　**「義經！」**

「源義經！」　**「戰神源義經！」**

「源義經來也！」　**「一之谷！」**

「鎌倉戰神！」　**「源九郎！義經！」**

「一之谷的源義經！」

「吾乃！源義經！」　**「戰神！」**

義經的咆哮潮滿了平家陣營，凶惡地吞沒平家的作戰意志。

數百顆人頭瞪大眼睛，滾落在馬蹄下。

幾乎沒有像樣的抵抗，平家的軍隊倉皇地退到海邊。

貪生怕死的主將平宗盛第一個跳上大船，亂七八糟地指揮大家移往海上軍船。

「幼帝上船了嗎？上船了的話就解開攬繩吧！」平宗盛催促著船手。即使是不畏「數萬源軍」奇襲的平家將領，第一勇將能登守平教經，也不得不聽從將令往海岸線移動。

等到本營陷入一片火海，焦煙沖天，坐在船上的平宗盛才冷靜下來，發現海岸上只有區區一百多個源家軍。平宗盛震驚著，悔恨著，自己竟然因爲這一點點源家兵力，就放棄本營逃到海上。

「源義經！我要殺了你！」能登守平教經暴吼著：「我一定要殺了你！」

一百五十名敢死隊，超過百名都生存下來，踏著滿地的敵屍大笑著。

義經坐在渾身被血溼透的馬上，冷冷看著海上平家的軍船。

日本歷史上，從來沒有這樣的情形：一個人的名字，就可以毀滅一支軍隊。

以後，也沒有再出現過。

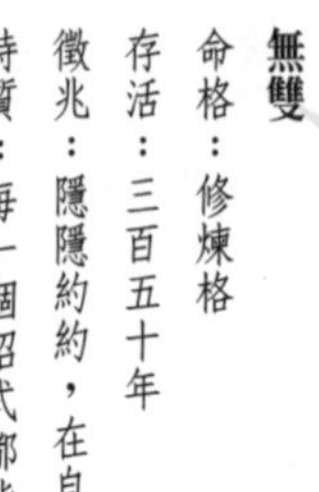

無雙

命格：修煉格

存活：三百五十年

徵兆：隱隱約約，在自己的招式中看見淡淡的光芒。

特質：每一個招式都能發揮比平常強上三倍到五倍的威力，誇張的大絕招命中敵人的機率大大提升。宿主的決心越堅強，專注力越集中，「無雙」的力量就能持續不斷，甚至產生出震懾敵人的精神力量。

進化：絕對無雙。

第243話

表面上，平家的首領是貪生怕死的平宗盛。然而平家上下都很清楚，他們的依靠只剩下兩個人——足智多謀的常勝將軍平知盛，以及全國第一勇士，能登守平教經。

平家本營被破時，平知盛正率領水軍封鎖下關海峽，配合著「已經被擊潰的屋島大軍」，東西彼此聯繫，鐵鉗般緊緊掐著範賴的遠征大軍咽喉，讓範賴的大軍漸漸與鎌倉失去連絡。

正當平知盛盤算著還需要多久時間，可以將範賴的大軍活活餓死時，屋島失守的噩耗傳到了他的帥船上。平知盛呆呆地站在船頭，看著屋島的軍船群垂頭喪氣地接近，喃喃問道：「……這是怎麼一回事？」

緊急軍事會議在平知盛的帥船上召開。

「沒辦法，義經來屋島了。」平宗盛無可奈何地說，手裡還風雅地搖著扇子。

「這是什麼理由！我無法接受！」平知盛悲憤交集。

「義經啊！我說的，可是跟鬼一樣的義經啊！」平宗盛瞪著平知盛，好像弟弟才是笨蛋一樣。

平知盛看著自己的哥哥平宗盛，他是唯一在艱苦的逃亡旅途裡，還能不斷讓自己發胖的人。真是不知廉恥！平知盛把這句話吞在肚子裡。

「義經又怎樣！能登守！」平知盛怒極，轉頭看著能登守平教經：「當時你人在哪裡！我把屋島交給了信賴的你，當時你人在哪裡！」洩恨似咆哮。

能登守平教經痛苦地閉上眼睛，額頭上都是污穢的血痕。

□

就在平宗盛強硬要撤離屋島守軍的同時，能登守平教經跪在船板上不斷用力磕頭，狂求平宗盛「賞賜」自己區區一百個人，好讓他能回船上岸，將義經的頭砍下來。

平宗盛理所當然地拒絕了。

「你有沒有大腦啊，保護我跟幼帝才是當務之急，你走了，我們怎麼辦？」平宗盛無法置信地看著跪在船板上磕頭的能登守平教經，如此回答。

「拜託！就讓我戰死在屋島也好！」能登守平教經的頭，幾乎磕破了船板。

「身為平家人，怎麼可以如此不珍惜自己的生命呢？對方可是源義經啊，少耍脾氣了，快點起來。」平宗盛用腳踢了踢他的肩膀，用教訓小孩子的口吻說道：「我叫你起來，平家人怎麼可以這樣出醜，你知道大家都在看著你出醜嗎？」

當時就是這麼回事。

□

面對平知盛的責難，氣到發抖的能登守平教經從頭到尾沒有睜開眼睛。他知道，他一睜開雙眼，很可能會因爲看到平宗盛傲慢的嘴臉，憤怒得當場掐死那頭肥豬。

平知盛也猜到了當時的情況。

軍事會議草草結束。因爲逃跑的航程裡吃太飽的平宗盛顯得昏昏欲睡，頻頻說：

「戰爭的事交給知盛跟教經就行了，我呢，就負責保護幼帝吧。」

平宗盛摸著肚子離去，眾將士也回到各自的船上休息。

渾濁的月色下，只剩下平知盛與能登守平教經兩條棟樑。

兩人久久不語。

源氏初期舉兵的幾場亂事，都是由平知盛敉平的——以多勝少時速戰速決，以少競多時大膽明快，獲得平家武士們的高度推崇。當初京都被圍時，只有平知盛一人獨排眾議，竭力主張：「把軍隊交給我！我絕不會讓源家的馬踏進京都半步。」但還是只有陪著全族拋棄京都、往西撤逃的份。後來平家在一之谷遭到義經的突擊，也只有平知盛識破義經僅有稀少的人馬，拚死斷後，才讓平家的殘軍得以逃離一之谷。

平家裡盛傳，義經突擊屋島本營時平知盛並不在，這是義經大獲成功的原因。

這個傳言成爲平家僅剩的倚靠。

而能登守平教經，也死命相信著這一點。

「將軍，請告訴我平家的末路還未到。」能登守平教經看著海平面。

擅長偷襲的義經，彷彿隨時會出現在海上似的。

「教經。」平知盛也看著海平面。

「是。」

「如果我有一百個教經，只要三天我就可以蕩平所有姓源的老鼠。」

眞是太安慰了。能登守平教經感動得哭了。

平知盛眼前的大海，暗潮洶湧的波浪，翻攪著詭譎多變的月光。

這就是他的答案。

「眼下，源家的水軍遠遠不及我們，訓練水軍又非一朝一夕可以蹴及之事。而義經不管如何被穿鑿附會，他還是只能就著陸地打仗，只要把戰場限定在海上，義經就只是一個平凡的人。」平知盛冷靜地思考。

「就算義經眞是鬼，我也能殺死他。」

「既然屋島失守，我們索性也放棄可以提供義經陸戰空間的彥島，把所有的軍隊集中到田浦……算一算，我們約略有五百艘戰船，這可不是臨時拼湊的數字，我們是海上的雄獅。」平知盛用高亢卻不失冷靜的心思，繼續分析著：「我軍非常熟悉田浦的潮流，我們在海峽的入口迎戰義經，順著潮流由西向東壓制，在壇埔海域作戰，我軍擁有熟悉地利的優勢。」

「就算義經眞是鬼，我也能殺死他。」

平知盛微笑，拍拍能登守平教經的肩膀。

帶兵打仗的，最怕兩件事。

第一件事，底下的將士不聽自己的軍令。

第二件事，自己的軍隊恐懼敵人的威名。

這兩件事一旦成爲魔咒，什麼戰術都是空談。

只要克服以上兩件事，至於最重要的勝負就交給上天吧，再無悔恨。

幸運的是，平家落魄至此，平知盛身邊還有能登守平教經這樣的勇者。這兩件事，就絕不會發生。

「教經，你挑選幾艘最快的船，找齊最不怕死的勇士，在與源家的海戰中只要集中注意力在一件事上。」平知盛鄭重地說。

能登守平教經點點頭。

「找出義經的船，圍住他，將他的頭砍掉高高舉起，讓所有的源軍看見。」

「再好不過！就算義經眞是鬼！我也能殺死他！」能登守平教經，興奮得頭髮都豎了起來。第三次了，能登守平教經還是如此強調。

沒錯，這就是源家的弱點。

當一支軍隊倚賴著一個名字不斷打勝仗時，這支軍隊的弱點就再明顯不過。

只要殺了義經，源氏就崩潰了。

月光下。

平知盛伸出手，與能登守平教經輕輕擊掌。

月光破碎。

「想打敗鬼，爲什麼不去鬼界請託救兵呢？」

一個穿著白衣，像是從天而降的人物。

第243話

「你是誰！」

「我是鬼。」

能登守平教經毫不畏懼，手握著刀把，橫擋在平知盛前。

白衣人舉止優雅，似乎沒有惡意。

他是怎麼上船的呢？難道守衛全都睡著了嗎？能登守平教經凝視著自稱是鬼的白衣人，只要他膽敢往前再走一步，手中武士刀便毫不猶豫將他斬成兩半。

「拔刀吧。」白衣人微笑：「如果你辦得到的話。」

白衣人輕輕踏出一步。

能登守平教經目露凶光，想拔刀，卻發現握住刀把的右手腕，竟被綠色的怪手牢牢抓住。這一大駭，能登守平教經發覺自己的身邊，站滿了七、八個綠色的怪物，怪物身上披著綠藻，好像是從海底爬上來的海妖。

白衣人不再逼近，只是看著平知盛的雙眼。

能登守平教經臉色漲紅，手腕青筋暴露。

這些海妖怎麼可能憑空出現？又，這個世上眞有海妖？……他們是義經派來的鬼嗎？能登守平教經一念及此，怒氣非常，原本氣力就非常大的他立刻掙脫海妖的抓腕，拔刀往海妖身上砍落。

「即使是鬼！我也照殺不誤！」

能登守平教經何等神武，一刀同時朝距離平知盛最近的三個海妖砍下，卻在刀身劈開三名海妖的同時，赫然發覺自己斬裂的只是三團虛無的空氣。

所有的海妖同時消失了。

「別慌。」平知盛毫無懼色，從頭到尾都冷靜觀察著白衣人。

「他如果想動手，我們早就身首異處了。」平知盛往前一步。

「……」能登守平教經還刀入鞘。

白衣人臉色灰白，身子瘦小，在月光下就像一隻得了白化症的蝙蝠。

「是傳說中，來自鬼界的使者嗎？」

「沒錯。」

平知盛想起了，關於這個國家的陰暗傳說。

在千奇百怪的傳言裡，據說日本國的地底下，有一個錯綜複雜的幽黯國度，名爲鬼界。鬼界裡住了幾千隻畏懼陽光的鬼，一旦入夜，鬼就會爬出地底吃人肉，飲人血。鬼具有強大的力量，快如閃電，力大無窮。

最恐怖的傳言莫過於，這些鬼，根本就是日本國的實際統治者。

「鬼界的鬼，跑到人界跟人說話，有何意圖？」平知盛遇到這種怪異的情景，依舊保有平家貴族的風範。

一旁的能登守平教經，不禁暗暗心折。

「平家以前也跟鬼界有過交易，於是我們給了平家消滅源家的戰力。」白衣人的微笑裡，藏不住的邪惡意念：「現在，你們似乎到了山窮水盡的時節，我特地來問問，你們還要跟鬼界締約嗎？」

平知盛一凜。

這個傳言，好像從已故的父親聽聞過。

「締約？」平知盛皺眉。

「只要締約，鬼界就站在平家這邊，源氏就是我們鬼界的敵人。」

「你們的軍隊呢。」

「如你所見。」

如我所見？

「就只有你一個人？」

「我，就是千千萬萬個海妖亡魂。」

白衣人瞪大眼睛，白色的瞳孔驟然縮小。

破碎的月光開始旋轉，不寧靜的大海冒出好多巨大的泡泡。泡泡越來越多，越來越急。平知盛與能登守平教經大駭，往後退了好幾步。

幾百艘爬滿海草的老舊鬼船，竟同時浮出水面，一時海水如沸騰般鼓譟起來。鬼船上站滿了數萬名綠色皮膚的海妖，就跟剛剛站在他們旁邊的一模一樣。

海妖手持怪異的兵器，靜悄悄地站在月光下，發出碧油油的魚鱗光澤。沒有咆哮，沒有敲打兵器。光是「出現」，就是巨大的恐怖。

「這是幻術吧！」能登守平教經深深吸了一口氣，空氣中並無海草的土味。

平知盛也注意到其餘平家的船隻，並沒有特別的反應，顯然只有自己與能登守平教經「看得到」這些海妖……即使如此，心臟還是跳得很快。

「幻術？中國人有個更好的修辭，叫海市蜃樓。」白衣人咧開嘴笑：「跟海市蜃樓不同的是，我的幻術殺得死人！看看你的手腕吧，平教經！」

能登守平教經低頭一看，剛剛被實際上並不存在的海妖猛力抓住的手腕，竟出現浮腫的瘀青。

「只要你相信加諸在你身上的力量是眞的，那麼，你的血肉之軀就會用痛苦回應。」

白衣人輕蔑地看著能登守平教經。

這個號稱全日本最強的武士，在他的幻術底下，不過是一根隨壓即折的稻梗。

平知盛與能登守平教經寒毛直豎。這個世界上，竟然有如此可怖的力量。

可怖到非常不切實際，好像在惡夢裡走不出去的膠著感。

「想想，如果在海戰的最高峰，我讓源家的軍隊同時看到這樣的海市蜃樓，平家豈有不勝之理？」白衣人此言一出，平知盛虎軀一震。

這是多麼誘人的提議啊！兩人幾乎這麼脫口而出。

然而，白衣人保留了一些話沒說。

他的幻術儘管強大，但畢竟還是能力有限。

要單單使一個人看見幻術的景象，他所要控制的人腦就只有一個，自是舉重若輕。如果要同時使一千個人看到幻術，所花費的腦力就是一千倍的份量。白衣人沒有眞正評量過自己的極限，但同時使三萬個腦袋都陷入他的海妖幻覺裡，他自忖還能勝任。

最困難的是，如果要使特定的某些人看見幻術，又使其他人都看不見幻術的內容，那就要極爲龐大的腦力運算，才能精密地將自己的能力分配出去。毫無根據來說，若要使所有的源家軍看到、而平家軍卻視若無睹的話，白衣人的幻術大概只能支撐一盞茶的時間。

——但夠了。

任誰看到這樣的海妖大軍從海底浮出，都會心膽俱裂無心戀棧。即使不逃走，一盞茶的時間也夠那些海妖將所有的源家軍「殺掉」的。

「先生如何稱呼。」平知盛勉強鎮定下來。

「我姓白，你可以稱呼我爲白魔海。」

「事成之後，鬼界要什麼？」

「不要什麼。」

「雙方締約，豈有什麼都不要之理？」

白魔海冷笑，揮手指著海面。

那些披掛海草的上百鬼船一瞬間蒸發。

「不要什麼，就是什麼都要。」

白魔海笑得搖頭晃腦，說道：「你瞧見我們的力量了吧？什麼合作？什麼締約？我們鬼界馴服人界，難道還需要你們同意嗎？人界對鬼界來說不過是藏放可口食物的倉庫，我們只是偶爾挑選順從的對象，爲我們提供新鮮的食物罷了，哈哈哈哈哈！」

平知盛倒抽一口涼氣。

白魔海就像看著路邊可憐的夾尾小狗，站在船頭朗聲道：「欣賞食物彼此殘殺的過程，再用食物管理食物，這可是血天皇對人界的一貫政策，你們理當慶幸自己是食物的管理者，才不致淪爲眞正的牲畜啊！」

血天皇？白魔海所說的，就是鬼界的王嗎？

「記住，只有入了夜，鬼界的力量才能施展！如果想得到鬼的幫助，就死命把海戰拖到日落吧！到時候勝負眨眼就會翻轉！」

說完，白魔海就消失在海風裡。

留下不知道該說什麼的平知盛與能登守平教經。

平家得到了鬼的幫助。

代價僅僅是，成爲鬼的第一僕人。

——**歡迎來到，鬼怪橫行的平安時代。**

【待續】

百手人屠

命格：天命格

存活：無

徵兆：無動機的連續殺人犯，存在目的就是為了終結他人的生命。

特質：為了不斷殺人，宿主的生命力將獲得命格無限制的支援，百砍不死，千槍不倒。為了不斷殺人，宿主的行動能力將不可思議地提升，行走無聲，轉瞬趕場。為了不斷殺人，宿主的正常人格將完全被抹殺，成為命格的絕對代言人——如此的變態合作，宿主不過是行屍走肉，與命格成功妖化無異。

進化：無

〈續我乃，兵器人〉之章

第245話

空曠的地平線上。

兩個氣喘吁吁的黑色人影分立兩頭。

其中一個人影，手裡拿著一條細長的木槍，槍頭遙指二十步外的陳木生。

陳木生兩手空空，腦中拚命組織著剛剛瘋狂又盡情的對戰。

面對清末民初，有「神槍」之稱的八極拳李書文，陳木生連續變幻了五種兵器，其中還包括了李書文自己的「長槍形」，才勉強壓制住李書文單調的突刺。

這個傳說中可以用槍擊死飛行中蒼蠅的神槍，果然名不虛傳，若非李書文搞不清楚陳木生詭譎莫測的「無形兵器」是怎麼回事，陳木生的肋骨早已挨斷。

——挨斷了三次。

「怎麼樣？還能打嗎？」李書文拖著地上的槍影，冷冷說道。

「呼呼呼呼……」陳木生喘著氣，逞強笑道：「我已經看出了你的槍法啦，你來來去去就是這麼一招突刺，只要我敢硬捱，你就完蛋了！」

「看出來卻擋不了！」李書文傲然：「你想死就捱吧！」

「試試看才知道。」陳木生運起硬氣功，全身堅勝鐵甲。

兩道人影迅速絕倫衝向對方，李書文長槍貫破無法計算的距離，一線擊出。

地上槍影倏然拉長。

本能地，陳木生左掌一抓，一道無形的熟銅盾硬是擋下了李書文的突刺，發出可怕的悶響。「這傢伙的突刺千篇一律，夾帶的內勁卻一次比一次嚇人。」陳木生暗暗叫苦。

不宜硬拚。

一寸長，一寸強，就來看看誰可以掌握距離的優勢吧！陳木生順著長槍強大的內勁，雙腳離地輕輕後飛，同時右手曲臂一甩，九節棍的兵形擊向地面，藉著反彈，九節棍迂迴掃向李書文。

李書文的肉眼看不見無形的九節棍，卻能夠感覺到一股殺氣崩毀地面，然後朝他的下腹彈擊過來。

「又是這種怪攻擊！」李書文心一驚，閃身避開。

卻見陳木生趁隙高高躍起，雙手從腰間憑空撒射下無數凌厲的飛鏢兵形。

鏢形如雨，情勢危急。李書文性格剛烈，竟悍然不避，舉槍往空中迅速盤掃。但李書文的內勁卻無法捲開所有的鏢形，身上頓時被釘穿五處，步法一滯。

而陳木生早已落下，像一頭豹子低身衝向李書文。

距離，七步。

五步。

重傷的李書文挺起長槍，短身又是乾淨俐落的一刺。

三步。

「正合適你出來！」陳木生身子一滾，槍尖堪堪刺破他的肩膀。

驚險中，黑鈦劍瞬間凝聚在陳木生的握掌中，斜斜朝上揮出。

李書文還來不及縮槍回防，一道劍氣撕開李書文的身體，血光噴濺。

但李書文還有八極拳！

「小子！」李書文咬牙，八極拳的掌勁往下一掃。

「鐵砂掌！」陳木生側躺在地上，右掌聚氣轟出。

硬碰硬，強弩之末的李書文臂骨喀然斷折。

但還是站著。

陳木生像壞掉的輪胎，在地上姿勢怪異地疾滾著，好不容易才撐停了下來。

「……抱歉了前輩，要不是靠著奇怪的武功，我絕對贏不了你。」

陳木生狼狽站起，吃痛地摸著幾乎爆開的左肩，看著李書文身受致命一擊，仍舊剛毅不倒的身軀。除了敬意，沒有多餘的了。

「哼。」

李書文瞪著陳木生，一道可怖的血紅從劈開身軀的劍痕中滾滾而出，發出瀕臨死亡的氣息。那死亡的氣息提前召喚出結界咒的隱語。

四周不知何時出現一陣朦朧地平線的怪霧，就像電影特效般，李書文挺立的身軀一點一滴消融在白色水氣裡，最後深深埋葬。

就跟其他高強武者一樣的下場。

霧退，什麼都沒留下，一併帶走了陳木生肩上的重傷。

陳木生大字形躺在地上，困頓地看著沒有天空的天空。

不管輸贏，迎接陳木生的，依舊是一片走不到邊際，摸不著頭緒的蒼茫大地。

第246話

「這次不知道可以休息多久？」

陳木生疲倦地閉上眼睛，簡直快瘋掉了。

唯一慶幸的是，只要在特定的時間內，撐過從霧中出現的歷代武學名家的迎頭痛擊，陳木生所受的傷勢，就可以被隨後而來的怪霧給治癒。而這個特定時限，經過陳木生反覆用身體去推敲，估算約十五分鐘。

不知道迎戰了多少武學家，耗盡了多少時間，陳木生發現自己竟不懂得餓，也不會眞正想睡。所謂的累與疲倦，只剩下精神上累積的困乏。陳木生再笨也猜想得到，自己是被鎖在J老頭佈下的特殊結界陣裡，至於要怎麼脫困，陳木生就完全沒有對策了。

只有不停的打、打、打！

「我還以爲我很喜歡修煉武術，原來，看不到邊境的打鬥眞是非常非常的無聊。」

陳木生看著虛構的天空暗暗哀號著：「J老頭！如果你聽到了就快放我出去吧！你就算

是整我，也得告訴我什麼時候可以打通關出去啊！」

是啊，非常無聊。

沒有目的，沒有善惡的戰鬥，單純只爲了分出高下便殺死對方的打鬥，的確不適合熱血笨蛋陳木生。殺死無知無覺的咒獸，跟殺死一個曾經存在的武者，這可是截然不同的兩回事。

迎戰這些歷史上知名的、不知名的頂級武者，起先是輸多贏少，但隨著陳木生逐漸掌握、並靈活運用身體裡各式各樣的兵器亡魂後，戰局便悄悄發生了改變，十場裡總可以扳回五到六場，其餘的四場要平安撐到大霧起兮，也越來越容易。

這可是相當不得了的「技巧」。

如果是一個心思靈敏的武者，要在戰鬥中依照對方的兵器、招式、無法辨明的絕招，快速運用自己身上不同的兵器招架甚至取勝，將是一個極爲艱鉅的任務，因爲在實際的戰鬥裡無法容許太多的思慮摻雜其中，應聽憑武者身體做出最快的反應，閃電出手——在武者尚未回過神來，他的身體已經將對方打倒。

翻開字典，尋找最適切的字眼形容，那便是「本能」。武學的技藝琢磨到了頂點，就是將本能提升到人類自以爲是的聰明才智，都成了累贅多餘的境界。

然而不需要多餘的聰明，僅僅是J老頭尋覓兵器人的第二條件。

不專精於任何兵器、甚至最好是碰都沒碰過兵器的武者，才是J老頭的首選。

灌注在陳木生體內五十一柄敗亡的兵器，要眞正靈活使用，便不能執著於某樣兵器。如果是擅長用刀的宮本武藏，對敵應戰的首選便是武士刀；如果是一柄方天畫戟掃遍群雄的呂布，光是戟法就足以稱霸天下，何須召喚其餘的兵器亡魂？專精就是執著，久而久之便會失去兵器人眞正的「強處」——博極群兵。

要開創新局，大破才能大立，但如果先前沒有立，那便根本不需要破。武經有云：「重劍無鋒，大巧不工。」於是憎厭兵器、碰都不碰的陳木生，在J老頭的眼中反而是絕佳的、未經琢磨的「頑石」。

但運化出這些兵器亡魂不是沒有條件的，這些「以虛實打」的能量薪柴，就是陳木生體內積貯的內力，每一次陳木生透過不同的掌形、握法、擲法所瞬間運擊出肉眼看不見的「兵器形」，都會消耗掉等值的內力。

幸好陳木生的內力在他從不間斷的鍛鍊下打下雄厚的底子，而後，在打鐵場對抗咒獸沒日沒夜的拚搏中，陳木生的內力更是越墊越厚，變成了讓人驚懼的內力怪物。

躺在地上，霧漸漸濃了起來。

陳木生感覺到剛剛消耗的內力也隨著霧氣的聚攏回復過來，按照幾十場架打下來的經驗，這代表新一場戰鬥已迫在眉睫。

「這次會是誰呢？」陳木生打起精神，翻身爬起。

原本遮蔽十步之外的濃霧，突然被好幾道猙獰的怪風給扒捲開。

「每次都是大霧破開，能不能換一種出場方式啊？」陳木生皺眉，趕緊擺開架式，隨時提防從霧裡衝出的凌厲攻勢。

因爲，他「又」看見比李書文難纏許多的人物。

霧破開，流光乍洩。

兩柄由J老頭打造的三叉戟，夾帶著無數氣旋踏步而來，不由分說往陳木生身上就是一陣狂劈猛刺。

獵命師，尤麗！

第247話

蠻橫的婆娘！

「又見面了，妳眞是個難纏的傢伙。」陳木生咬緊牙，腳底飛快錯步。

想避開尤麗的猛攻，但陳木生還是一口氣挨了好幾刃，劃下幾道觸目驚心的血痕。

「你在說什麼？什麼又見面了！」尤麗毫不歇手，暗暗吃驚眼前這男人千錘百鍊的鐵布衫功夫，簡直可以比擬獵命師的「斷金咒」。

又……這男人身上棲息著某種強悍的命格？

尤麗轉念，三叉戟由斜劃揮劈，改成綿密的雨點擊刺，立刻將陳木生的手臂刺出好幾個窟窿——就跟，她之前與陳木生對陣時所執行的策略一個模樣。

「承認吧，我們根本素不相識，何必一見面就打得這麼辛苦！」陳木生左拳猛力一揮，雄渾的拳勁暫時逼退了尤麗。

「……」尤麗狐疑地看著陳木生，他的話似乎頗有道理。

自己為什麼要對一個初次見面的人大開殺戒？沒道理啊。

「這位年輕漂亮的小姐請聽我說，妳不是一個眞實的人，妳只是一個幻象。」陳木生苦哈哈地分析：「而我，只是一個誤闖奇怪結界的人，事實上我已經在這裡遇到妳三次啦，這次是第四次，由於前三次我一直打不過妳，所以妳還是會出現，然後動不動就攻擊我，本來我是覺得有架就打吧，但後來就越來越無聊了，於是想跟妳把話說清楚……」

「……我是幻象？」尤麗的眉宇間露出殺氣。

「是的，我知道這點讓妳很難接受，說不定妳是已經死掉的人，才會變成靈魂被J老頭困在這裡，或是當初妳找J老頭打造兵器的時候，被偷偷留了一部分的靈魂在結界裡當作陪人戰鬥的木偶，妳自己想想，J老頭那麼變態，這種事對他來說是很稀鬆平常的！」陳木生誠懇地說：「我的腦子不好，但我沒事的時候都在想這個問題，我猜眞相大概八九不離十吧。」

「你到底在胡說什麼！」尤麗瞪著陳木生。

「眞的！我上次也跟妳說過一模一樣的話，可妳還是不聽，硬是要打，結果妳現在根本沒印象了吧！」陳木生抱拳作揖，正經八百地說：「妳就像一個電腦遊戲裡一直重複出現的魔王，妳把關，但妳根本不知道爲什麼要把關啊！我也是，我叫陳木生，我也沒有要破關的意思，我們的相遇只是一場無可奈何，還請妳手下留情。」

尤麗滿腹疑團，卻發現自己無法眞正地進行思考。

一種亟欲戰鬥的本能催促著她，竭盡所能地殺死眼前的男人。

「眞人也好，靈魂也罷，有本事你就逃吧！」尤麗運起大風咒。

強風從四面八方擠壓著陳木生，好像沙漠裡突然遭遇的風暴。

「結果還是要打嗎？我的口齒眞有那麼拙劣嗎？」陳木生勉強在狂風中睜開眼睛。

這眞是令人遺憾的結果。

「少廢話！」尤麗清喝，鑽進風與風中的夾縫。

光四濺，風飛揚。

在一連串絕不可能完全防禦的攻擊中，陳木生只有閃躲的份，左支右絀地十分狼狽，偶爾用虛張聲勢的猛拳扯開尤麗的攻擊，搶到一口氣的休息，已是奢侈的防禦。

地上點點血跡。

「眞要打！」陳木生橫眼劈拳，卻連尤麗的邊都沾不上。

「你的動作太慢了！」尤麗鬼魅般來到陳木生身後，雙戟刺向陳木生鐵塊般的背肌，刮出兩道血花四濺的痕。

「喝！」陳木生吃痛，回頭一拳，當然又是只有空氣挨揍的份。

跟尤麗前三次的對戰經驗告訴陳木生，如果用「盾形」護住身體根本來不及，尤其過度倚賴沉重的盾會造成反效果。更積極地說，如果太早使出「兵形」，尤麗有了戒備，想要突然給予漫天花雨的「鏢形」一定會被識破，接著重複上一次的對戰內容——一陣無中生有的大風將所有的鏢形給捲散！

所以，陳木生不得不將賭注壓在突如其來的大招式裡。

在那之前，陳木生必須想辦法護住要害，捱下尤麗風馳電掣的攻擊。

「怎麼還不倒？鐵布衫有這麼厲害嗎？」屢攻不死，尤麗有些心焦。

殊不知藍水潛移默化了陳木生的體質，讓陳木生由內而外的鐵布衫功夫就像一件隱形的鎧甲，若不是J老頭精心打造的兵器，還眞難傷到皮硬的陳木生。

「迴風響尾！」

尤麗順著以陳木生爲中心、龍捲風般的順時針風勢，雙腳離地五吋，快速戟刺攻擊。戟影眼花撩亂，堪稱是大風咒裡絕強的應用招式！

「當我是陀螺啊！」陳木生灼熱的鐵砂掌胡亂朝四面八方拍出，硬是用雄渾的內力攪破龍捲風的結構。一股股熱風焦透了尤麗鼻前的空氣。

突然尤麗蹬腳上躍，藉著奇怪的強勁風勢，尤麗在半空中倒躍身軀，頭下腳上，像遊魚一樣在空中劃出一道氣線，來到陳木生的背後。雙戟，朝陳木生的脖子一剪！

這招原本是尤麗的奇襲，只可惜……

「上次我見識過啦！」陳木生頭也不回，右掌一握，屈臂往脅下一甩！

雙戟距離陳木生的太陽穴只有一吋，瞬間停格成半空中的一個分鏡；倒掛在半空中的尤麗眼前突然一黑，腥濃的血氣倒灌鼻腔，重重摔倒在地。

尤麗還沒任何遭擊的概念，陳木生上半身一轉，右手朝尤麗凌空一掃。

「哼。」

尤麗單戟撐地，頸子往後一縮，本能地算準陳木生的攻擊範圍冷靜一躲。

不料，尤麗眼角爆開，劇烈的震盪衝擊她的腦，幾乎斷掉了她的意識。

「快拿起雙截棍，哼哼哈兮！」

陳木生吼道，原來剛剛連續掃出的兩擊都是靈活的雙截棍兵形，在尤麗猝不及防的情況下狠狠報復了兩記，轟得她眼冒金星，雙戟脫手。

眼看，陳木生距離擊斃尤麗，只有一掌！

「大風來兮！神風掌！」

尤麗意識模糊，卻不愧是獵命師長老護法團的預備人選，雙戟脫手，還跪坐在地上的她拚命往前轟出強勁的神風掌，咒法催發到極致，身後的空氣頓時往前翻滾潮湧，匯聚強大的風壓朝陳木生攢去。

就算是一棵百年老樹，也挺不住這麼霸道的橫風。

陳木生暴吼，身子斜斜欲倒，左手擎天，虛抓著一柄巨大的戰斧兵形。

「再大！不過是風！」

陳木生全身炸出萬夫莫敵的氣勢，強行在霸道的橫風中劈下這一斧。

這麼囂張的氣勢……「千軍萬馬」？尤麗倒抽一口涼氣。

一聲巨雷，風停了。

第248話

地上的裂縫冒著煙。

幸虧這次終於打敗了妳，要不，下次還得難堪地碰面。

但陳木生還不敢鬆口氣，幻想力走上邪路的他眞怕氣勢一洩，身上叮叮咚咚的洞會像漏斗一樣噴出血來，還是等大霧來臨後再解除鐵布衫才是正經。

「跟她的斧拳比，我又接近了多少？」陳木生看著地上的紅色裂縫喃喃自語。

霧來了，淹沒了地上的裂縫，淹沒了陳木生的傷。

閉上眼睛，呼吸著冰冷的霧氣，陳木生眞的累了。唯一的慶幸，就是不用再遭遇一次尤麗惱人的三叉戟。

陳木生一向對速度極快的對手沒有把握，而「兵器」幫助陳木生翻盤了這樣的差距，讓坐在地上沉思的陳木生感慨良多。回想剛剛痛得要命的戰鬥，若非尤麗剛剛使出的絕招他先前都嘗過苦頭，想要打敗尤麗，還眞是癡人做夢。

自己最欠缺迅速的反應能力，只有在這樣的虛擬實戰中練習運用各式各樣的兵器，才能彌補資質上的巨大鴻溝吧。一次不行，就來第二次；兩次失敗，第三次就想辦法成功。那個拿三叉戟的怪女人就是最好的例子。比起外面「失敗就是死亡」的世界，這裡還真是相對輕鬆的修羅場。

是，我待在這裡很好，身為一個習武之人，怎麼可以放棄跟這麼多武學高手對壘的機會呢？醒醒吧陳木生！這正是你夢寐以求的樂園！

陳木生坐在地上，猛抓頭，想辦法將自己的困境思惟導向正面，但不知如何突破結界，遙遙無期又沒意義的戰鬥之路，還是讓他感覺很不踏實。

苦悶的等待中，大霧又來，將天與地覆蓋在白色的恍惚中。

「哎，這次是熟面孔呢？還是新面孔？」陳木生拍拍臉頰，提振精神。

這次大霧並沒有倏然破散，時間一分一秒過去，霧裡依舊沒有絲毫動靜。

陳木生起了警戒，他想起曾在濃霧裡差點被猿飛佐助秒殺的慘痛經驗，不禁運起鐵布衫功夫護住全身上下，左手隨時抓運起銅盾兵形。

終於，大霧緩緩地讓開一條小徑。

小徑的那頭，不疾不徐，一個修長的人影面無表情走了過來。

不帶殺氣，那人像是散步，但腰際上的長刀意味著他隱藏的本性。

越來越近越來越近，陳木生看清楚那人梳綁著頭髻，隨意捲起的衣袖，清秀的臉龐配著蒼鷹般的眼神。那人似乎並沒有停下腳步的意思，臉上的表情就像死人一樣蒼白漠然。

不對，再接近的話，就進入了那人揮刀斬擊的危險距離。

「停！來者是誰！」陳木生緊張大喝，握拳漲氣。

他的刀，好長。

長到刀鞘都快要拖在地上。

「……」那人似乎聽不懂陳木生的話，但也猜到了陳木生的意思。

於是他停了下來，微微躬身示禮。就像灑水澆花一樣自然，那人的手不快不慢地搭上長刀握柄。這中間抬手、懸腕、撫掌，所有的動作分鏡都乾淨、簡單得讓人徹底忽略。

刀已出，又復回。

陳木生的胸口，一條肉眼幾乎看不見的細痕。

無數冷冽的汗漿，瞬間從陳木生的背脊湧了出來。

地上，鏗鏘著斷裂的銅盾兵形。

陳木生心驚不已，若不是怕死、事先用了銅盾擋在身前，這莫名其妙的一刀早就劈開了鐵布衫。刀出刀沒的居合拔刀術，竟用在長到拖地的武士刀上，這怎麼可能？歷史上有這種怪物嗎？

「？」那人的表情終於牽動。

那人同樣感到非常訝異，自己近乎完美的居合空氣斬，竟在中途遇到了古怪的防禦，刀氣銳減，只在眼前的男人身上留下一道細痕。

不可思議。看來，是個值得使出全力的對手？

「你是誰？」陳木生後退一步，改口用日文詢問。

「在下。」

那人腳踏八雙，緩緩抬手，所有動作都像小鳥理所當然飛翔於天空、魚兒理所當然在水裡呼吸一樣的自然。

不知何時，那人的手又輕輕扣握在刀柄上。

「佐佐木，小次郎。」

龍騎士

命格：情緒格

存活：兩百年

徵兆：聯誼時，你的鑰匙絕對會被恐龍妹抽中。眾人開房間玩國王遊戲，抽到鬼牌跟恐龍妹喇舌的人，絕對非你莫屬。一夥人在KTV喝得酩酊大醉後，隔天早上在你床上醒來的，絕對會嚇得你縮陽入腹。

特質：或許是因為來自那美克星球的你品味不凡，馴服怪獸是你的任務；又或者你的運氣總是強勢放槍，讓你總是活在豬玀紀公園。

進化：「邱品叡，真男人！」——這是來自ptt鄉民一致的call-in吶喊！

第249話

京都，雨。

連鎖店吉野家，二樓，三個奇裝異服的遊人吃著大碗大碗的牛肉丼飯。

一個穿著寬大衫服的中年女人一邊吃飯一邊看書，那衣服大概只能在埃及那種地方才有人眞正把它穿上街。但女人似乎不以爲意，聚精會神地看書，久久才扒一口飯。

另一個穿著亞曼尼黑色西裝的長髮男子，打扮顯然就入時多了。然而皺著眉頭、注視一個小時前就已空掉的碗的長髮男子，肩膀上始終靠著一條比他還高的黑色長棍，那對比說有多奇怪就有多奇怪，好像是從cosplay會場走出來的失敗扮裝。

穿著最奇特的，莫過於一身白色長道衣、彎七扭八盤坐在椅子上的邋遢男人。

仔細一看，那白色道衣上寫滿了許多人生座右銘，諸如「今日事今日畢」、「若要人不知，除非己莫爲」、「冬天來了，春天還會遠嗎？」、「助人爲快樂之本」等過時的語彙，那些字用拙劣的毛筆亂寫，更顯俗氣難耐。

邋遢男子的面前桌上，疊起了十碗都只吃到一半的丼飯，只要醬油沒有沾到的飯塊，那人便拒絕扒掉它——非常自我跟頑固的闞香愁。

「根到九泉無曲處，世間惟有蟄龍知。」

「古都歷舊人，今昔兩色情；長曲復奇徑，分沒九泉深。」

「離人夜雨歸，亡者冷帶刀；古墳蔓新草，三去兩人回。」

這三首詩，是闞香愁在兩天前使用「瘋狂囈言者」時脫口說出的預言。比起之前的預言曖昧不明，這次的寓意倒是昭然若揭。

棍子男的名字叫兵五常，他與看書的女人倪楚楚，都是長老護法團的成員。此次行動他們與闞香愁暫時一組，目標當然還是逮到烏家兩兄弟其中一人。

由於鎖木與書恩的情報指出烏拉拉的確人在關西，再根據兵五常與倪楚楚的討論，這次預言詩裡的「古都」，八九不離十還是指京都，而「舊人」當然是套在烏拉拉身上的名詞。

至於「九泉」出現了兩次，足見其重要性，在字義上九泉指的是黃泉，也就是死後的陰間國度，但如果烏拉拉沒死，九泉恐怕就是意指京都地底下無比發達的隧道世界吧！再搭配「蜇龍」兩字，兵五常原本猜想是地底下將會出現非常強悍的敵人，但倪楚楚卻認爲「火車的模樣跟速度，就像古時候的龍一樣」，所以一定可以循著一般在地鐵行駛的列車路線，找到正坐在某列車上的烏拉拉。

兵五常同意這個觀點。

雖然在錯綜複雜的地底世界尋找烏拉拉，絕對沒有比在地面上的京都尋尋覓覓要輕鬆，但配合倪楚楚的「特殊能力」與「特殊命格」，要鎖定特定空間展開搜索，就沒有無頭蒼蠅的空洞感了。

而第三首預言詩顯然跳脫了前兩首的暗示。

「離人」是誰不知，「夜雨」明顯指的是時間與氣候條件，這個情報最是重要。「古墳」、「三去兩人回」等字眼，恍若意味著此行的三人只有兩個有機會把命留住，警告此行凶險——但這些非常自負的獵命師不怕遇到危險，只怕找不到烏拉拉。這些警告顯然多餘。

此夜正是大雨。

一個小時前，倪楚楚已差遣了她的「小朋友」，先勘路去了。

鬮香愁打了個嗝。

「吃飽了，我們走吧。」

兵五常拉拉衣領，手撐黑棍，就要起身離開。

「嗯，你們去吧，我到處逛逛。」鬮香愁連動都沒有動，只是摸著肚子。

——這是什麼意思？

「你不一起去嗎？」兵五常瞪著鬮香愁：「這可是你自己的預言。」

「我今天不想戰鬥。」鬮香愁連嘴角的飯粒都懶得擦，慵懶說道。

倪楚楚還是看她的書，連脖子都沒象徵性抬一下。

「憑什麼？」兵五常非常不滿，他不用「爲什麼」，而用了「憑什麼」。

「因爲你們的衣服品味太差，我不想跟你們站在一起。」鬮香愁摸著肚子。

這是什麼理由？根本就是藉口！

不，這男人根本連個像樣的藉口都懶得想！

「那你來日本是幹嘛的？」兵五常有點傻眼。

「我也不想來啊，是大長老說好說歹我才來渡假的。」闕香愁有些難受的臉，但那難受顯然不是心情上的欠佳，而是肚子吃太飽。

……再怎麼常與闕香愁相處，兵五常還是覺得這男人眞不可思議。怎麼會有這麼不上道的人呢？偏偏大家又是這麼需要他的預言，這種能力怎麼會由這種人擁有呢？

兵五常一腳重重踏在桌子上，一手揪起闕香愁泛黃的領子，大聲斥道：「你有沒有身為男人的自覺啊！是男人的話就大聲喊！我、要、戰、鬥！」

「兵五常。」

闕香愁似笑非笑，身子就像沒有脊椎骨支撐般垂著，任由兵五常將自己揪著。

「幹嘛！你的骨頭呢！挺起你的腰！」兵五常揪緊領子的拳頭，爆出了青筋。

「這種動作已經退流行了，眞的非常不時尚……等等。」闕香愁說完，猛然身子一斜，就唏哩嘩啦吐了滿地。

部分穢物，還沾到了兵五常的亞曼尼皮鞋。

「吃太飽了，眞對不起。」闕香愁又吐了幾下，邊說邊吐。

這時，倪楚楚終於有了反應。

「算了，他不想去就我們兩個去。」倪楚楚說完這句，又回到書中的世界。

總算吐完了。鬬香愁看著地上還沒被胃液溶解的飯粒，像是鬆了口氣：「我去要拖把。」說著說著，這邋遢男人便起身向店員要拖把清理去了。

「……」寧願自己費事地打掃，也不願意滿腔熱血地戰鬥嗎？

兵五常抄起黑棍，忍耐著從背後一棍重重敲昏鬬香愁的衝動。

眞希望自己追殺的，不是拚命想活下去的烏家兄弟，而是這軟骨無賴。

「難怪你一直入選不了長老護法團。」兵五常忿忿道。

這充滿嘔吐物跟廢物氣味的地方，他眞是一秒也待不下去。

兵五常一棍擊碎了吉野家的玻璃，縱身往下跳去。

「唉，就不能用正常方式下樓梯麼？」

倪楚楚闔上書，跟著跳了下去。

第250話

謊言是人類獨特的語言，卑鄙的祕密構成了這個世界。

全日本地底下，有無數條理也理不清的快速鐵路與祕密車站，並沒有出現在地圖上任何一個地方，傳說那些鐵路配置位於一般地鐵層的更下方，也有傳說聲稱那些鐵路配置與一般系統其實是平行、相互連通的。

許多試圖研究日本、尤其是東京地底神祕的地下鐵世界的地理學者與神祕學作家，在比對了城市區域用電量、實際的城市區域發展狀況、老舊的都市設計圖後，都言之鑿鑿：有個世人所不知的地下世界，以非常誇張的姿態蓬勃著。

如果存在，那個地底世界意味著什麼呢？

「肯定是武裝嚴密的巨大倉庫。」一個東大教授在靈異談話節目中高談闊論。

「倉庫？」主持人。

「沒錯，二次世界大戰後，日本的經濟能夠快速復甦一躍成爲亞洲經濟首強，那些偷偷藏在地底下，從東亞、東南亞各國劫掠而來的貴重物資發揮了不小的作用。」東大教授壓低聲音，嚴肅說道：「根據我曾經看過的祕密資料指出，在戰爭尾聲我方軍部與麥克阿瑟的談判裡，保留這些鉅額搜刮是日本同意投降的背後主因。」

「所以地底城的存在，就是政府用來藏放大量黃金、寶石的庫房囉！」主持人順勢結論。

「對不起！我實在無法同意！」另一個特別來賓，搞笑歌手丸山大夫打斷。

「喔？」東大教授皺眉。

「哪有這麼多的金銀財寶可以堆滿地底城啊！地底城如果真這麼大……」丸山大夫雙臂一展，看著鏡頭誇張說道：「肯定是政府正在製造可怕的武器！例如無敵鐵金剛、鋼彈之類的超級人形武器！所以才需要那麼大的地底城安置研究人員跟奇奇怪怪的高科技實驗啊！不然哥吉拉真出現的話，誰來保護地球啊！」

主持人與所有來賓哈哈大笑，連嚴肅的東大教授也不禁莞爾，輕鬆的氣氛下，大家開始說起不負責任的玩笑話來。

「這麼說起來，在地底城裡研究外星人的飛碟也是不無可能的啊！」

「研究外星人科技？的確是見不得光的機密啊！」

「地底不見光，說不定正是政府研究吸血鬼的最好場所喔！」

「吸血鬼？搞不好終日見不得陽光的地底下，還眞有個吸血鬼的大帝國……」

在那一瞬間，節目畫面突然中斷，卡進了賣飲料的廣告。

……足足卡了十七分鐘的廣告。等到廣告結束，早已換成下一檔節目。

對於地底城的存在，「否認」是當局唯一、也是理所當然的政策，就如同美國政府長期否認「51區」與外星人科技的關係。在當局以無可奈何的苦笑拒絕回應這些「謬論」的同時，那些「言之鑿鑿」的學者專家無一不離奇失蹤，或死於可怖的意外。

首屈一指的動畫大師宮崎駿一，原本想用「東京的翻轉：地底城」當作生平監製的最後一部動畫的主題，卻在發布消息的記者會舉行到一半時，突然大叫一聲：「這是什麼！這個世界上怎麼可能會出現這種怪物！天啊！別過來！別過來！你們全都沒有看見嗎！」記者瞠目結舌，卻也沒忘記拿起照相機對準失態的宮崎駿一。就在鎂光燈此起彼落打在宮崎駿一驚恐的臉上時，宮崎駿一開始在記者會上狼狽逃命，完全沒有大師風範。最後放在報紙頭條上的照片，是宮崎駿一衝破玻璃帷幕，從三十五層樓高的大阪天空之城躍下的瞬間。

最後那部什麼「東京的翻轉：地底城」的消息也無寂而終了。

冥冥中，神祕的力量主宰著日本地底的種種，但關於由無數意義不明、龐大複雜鐵道構築而成的地底世界傳說，並沒有因此銷聲匿跡，反而透過那些怪異的慘劇更加活絡，形成一股地下謠言文化的勢力。

□

「涼宮，妳聽說過在日本的地底下，有個恐怖的黑暗世界嗎？」

「嘖嘖，久美，妳在胡說什麼啊？」

晚上七點。

京都，烏丸線，鞍馬口地鐵站。

月台上人說多不多，說少不少。

一個高中女生看著車站隧道的深處，另一個高中女生則專注地玩著手機。

「告訴妳喔，我最近參加一個網路上的祕密論壇，是關於日本地底城的傳說的網站，裡面的討論每天都很熱烈，還有人想成立探險隊到廢棄的隧道看看呢。」女孩若有所思。

「拜託！那些都是可笑的謠言吧！」她還是專注地玩著手機。

「……喂。」女孩小心翼翼。

「嗯？」

「那網站昨天被抄了耶！」女孩壓低聲音。

「所以呢？」她不解。

「如果不是眞的，怎麼會平白無故被關站呢？」女孩瞪大眼睛。

「妳的邏輯好奇怪喔。」她還是漫不在乎，眼中只有兩寸半的手機螢幕。

「不過我已經報名了探險隊！」

「妳瘋了嗎？探險隊裡有帥哥嗎？」

「才不是這樣呢。」

兩個高中女生有一搭沒一搭聊著天。

男孩站在後頭，豎起耳朵聽了幾句。

「是假的啦。」

兩個高中女孩同時回頭，只見一個帥氣的男孩咧開嘴，拉拉肩上的揹包帶笑道：「高中女生有這麼好騙嗎？用屁股想也知道根本沒有什麼地底城，隨便參加神祕的探險隊，會被壞壞的男生拖到沒有人的隧道裡做色色的事喔！」

什麼啊？這傢伙用不純正的日語在胡說八道什麼啊？

「看過《二十世紀少年》嗎？」綁著馬尾的男孩嘻皮笑臉說道：「不要捲入這種事──普通地活下去，也是非常重要喔。」豎起大拇指。

長得帥卻是個ACG宅男……不要理這種人的搭訕。

兩個女孩互相看了一眼，有了共識。

一隻蜜蜂停在涼宮的手機上。

「討厭。」涼宮嫌惡地搖晃手機，脖子一縮。

蜜蜂嗡嗡飛向男孩。

男孩輕輕吹氣，氣流震得蜜蜂差點暈落。

隧道裡頭的空氣嗚咽著，列車進站。月台上人不多，車廂卻已半滿了下班下課的通勤族，大家只有盡其所能將自己塞進裡頭。

緊跟著兩個高中女生，男孩也面帶笑容擠了進去。

列車關上門時，蜜蜂從將闔的縫中鑽進。

男孩勉強靠在兩個女生的前面，單手抓著吊環。沒多久兩個高中女生就發現男孩肩上的背包出現奇怪的蠕動。

是什麼東西？偷偷帶著寵物嗎？不會悶死嗎？

還是別多管閒事吧。

兩個女孩互相看了一眼，又有了第二個共識。

列車在隧道裡前進著，不知是否錯覺，列車的速度好像比平常要慢許多？久美胡思亂想著，頭開始有點暈。是人太多了，所以過濃的二氧化碳讓她感到不舒服嗎？久美看著身邊的涼宮，涼宮也是昏昏欲睡地看著手機裡的簡訊。

嗡嗡嗡嗡，久美看見剛剛那隻迷途的蜜蜂也在電車上，飛著飛著，最後停在涼宮的頭髮上……大概是涼宮今天擦的香水是玫瑰花香的關係吧，哈哈，久美逗趣地想著，也懶得幫涼宮揮手驅趕無害的蜜蜂。

列車行進著，行進著，行進著。

車上有不少人開始睡覺，站在前面的古怪男孩甚至誇張地流出了口水。

久美也好睏。今天實在不宜再熬夜玩電腦了。

列車的速度好像越來越慢了。

喀喀，喀喀。

底下的軌道發出奇怪的機械聲，隱隱一震，久美哆嗦了一下。

說也奇怪，這麼久了，車子不是應該經過今出川站、然後停下嗎？

還是已經停過了今出川，但自己太想睡所以恍神沒注意？

勉強睜大疲倦的眼睛一看，這隧道的「感覺」好像跟平常不大一樣？

但哪裡不大一樣，久美也說不上來。

意識逐漸朦朧中，久美瞇成一線的眼睛看見黑色的車窗倒影裡，所有人，站著的，坐著的，全都朝向右邊微微斜傾。

一股強烈的不安從心底浮起，搔弄著久美。

不行，她一定要弄個清楚。

「涼宮？車子好像往下……往下耶？」

「……」

「妳沒感覺到……嗎？」

「……」

「涼宮？」

「……」

久美沒有問第四次，因爲她也睡著了。

原本停在涼宮頭上的蜜蜂，也勾夾在頭髮中一動也不動了。

列車突然緩緩加速，在行駛了三分鐘後規律減速，停在奇怪的昏暗月台邊。

月台上的LED燈牌，顯示「KYOTO's B7」字樣。

月台上，早就有幾個戴著防毒面具的紅衣人員在等待著。

列車車門打開，紅衣人員迅速走進列車，對乘客進行某種標準的「挑選」。

只要是年輕，看起來挺有活力的乘客，就會被紅衣人員有條不紊搬抬到月台上，其中也包括囉唆的古怪男孩，以及那兩個年輕漂亮的高中女生。

紅衣人員的動作幹練流暢，彷彿已經排練過無數次，月台上則另外有紅衣人負責爲躺在月台上的乘客搜尋皮夾裡的證件、並簡單拍照。

五分鐘後，列車再度啓動時，車子已空了一半，只剩下一些沒有朝氣的中老年人。月台的另一端則有第二台空蕩蕩的列車等候著，毫無意外，那些被挑選中的乘客，立刻被粗魯地搬進那台空車。

二十幾個紅衣人員紛紛除下防毒面具。

「報告，一共是三百零七名。」

「身分都確認了嗎？」

「有兩人未攜證件，沒有上車。」

「那就照例交給兄弟處理吧。準備出發。」

「是。」

神祕的列車出發，前往的地點卻一點也不神祕。

四通八達，龐大複雜的地下網絡，聯繫著活體食糧餵養吸血鬼的倉儲管路。

幸運的人可以搭乘原來的班車，在「甦醒瓦斯」重新活絡神經後回到正常的地鐵月台，對莫名消失的身邊人毫無印象，只是斡罵著列車的誤點耽誤了既定的行程。

至於不幸的人，在他們睜開眼睛後的第一個畫面，不是月台，而是看見對面的同行乘客喉管被咬開的、恐怖絕倫的慘狀。

不快不慢，血貨列車往更深的地底行駛著。

幾個負責看管此廂血貨的紅衣人員不懷好意笑著，蹲下來，伸手在年輕女孩的身上掏掏摸摸，大吃豆腐；其中一個還將手伸進一個上班女郎的短裙裡，粗魯地侵犯著。這些動作他們同樣訓練有素。

「喂，我要上了。」一個紅衣人員一手解開腰間扣環，一手脫掉久美的水手服，淫笑道：「還有三分鐘，一寸光陰一寸莖啊。」

「是啊，在上頭老闆吃掉之前，不先享受的話就太可惜了。」另一個紅衣人員哈哈一笑，對著近乎赤裸的涼宮扯下了自己的褲子。

鬱悶的車廂空氣裡，鼓譟著淫邪的動作。

——昨天逮到的吸血鬼，臨死前說的血貨班次果然是對的。

突然，揹著包包、熟睡到流口水的男孩睜開眼睛。

所有紅衣人員愣住，十幾條赤裸的下體正對著緩緩站起的男孩。

「我就知道，地下鐵列車偶爾會嚴重誤點，不是沒有原因的。」

男孩反手拉開揹包拉鍊，一隻黑貓探出頭來。背包裡頭的空氣讓牠免於昏厥。

至於男孩……只要事先吸飽足夠的氣，男孩的肺活量甚至可以支撐他潛進深海。

「……你！你是誰！」

「別那麼驚訝，你們這種小嘍嘍用不了太多分鏡的。」男孩冷眼，握緊拳頭。

烏拉拉，火焰的名字。

實話實說

命格：機率格

存活：一百五十年

徵兆：宿者從小就是個老實頭，要他說謊話不如叫他去死。這種人最忌諱跟朋友打麻將，人家問他在聽什麼，他只能坦白以告……然後拚自摸。

特質：「語言」的力量是非常驚人的，因為語言可說是人類尖端文明的最基礎。宿者即使內心有萬般不願，還是無法反抗根深柢固的命格能量，說實話是宿者強硬的人生理念，也是宿主坎坷的人生之道。「親愛的，我剛剛的表現好嗎？」「……對不起，妳太鬆了。」這樣的對話屢見不鮮，可謂怨念深重。

進化：吐洩真言、瘋狂嚼言者。

（蔡志揚，台北永和，什麼都不會但什麼都想硬幹的18歲）

第251話

巨大的抽風機震耳欲聾的機轉聲，讓空蕩蕩的月台更顯冷清。

應該在KYOTO's C4停車卸貨的地下鐵列車，已經遲到了十二分鐘。

「搞什麼啊？這陣子不是特別要求加強紀律了嗎？遲到了上頭搞不好還會把帳算在我的頭上……」C4站的月台長邊走邊罵進了管理室。

打開電腦螢幕，月台長一確認京都區祕密地下鐵的動線狀態，驚覺早該靠站的列車竟脫離常軌，漫無目的似地在地底下亂闖。

月台長趕緊按下通話鈕。

「這裡是C4月台，我說你們在搞什麼啊！」

「……」

「血貨列車請快點回答！你們這群笨蛋玩過頭啦，到底是要去哪裡啊！」

「……」

「快點回答！別以為我會輕易放過你們！」

「喂？喂喂？麥克風測試，麥克風測試……」

「？」

「……對不起剛剛才找到通話鈕，這台車我實在不太會開，我問一下喔，要怎樣才能把列車設定在自動前往人類的正常月台啊？」

「！」

「小氣鬼，快教一下啦，不然撞壞掉我就直接走人喔！」

月台長擦著鼻頭上的冷汗。正在跟他通話的人是誰啊？

列車遭到劫持了嗎？

竟然有這種事嗎？竟然……竟然有這種事嗎？

「不說就算了，那就隨便我亂撞囉！」列車上的聲音非常任性。

「你是誰？別開玩笑啊！」

「好爛的台詞，請注意你現在是跟主角說話啊！」

「……其他人呢！」

「你是說那些忘記穿褲子的人？喔！我剛剛cosplay列車長驗票，一發現他們沒帶車票又不想補票，態度又很惡劣，所以就通通扔下去了，哈哈哈哈哈！」

眞是可怕的亂講話！莫名其妙的緊張感痲痹了月台長半邊的臉。深呼吸，月台長顫抖的手指結束了通話，拿起掛在牆上蒙塵的紅色話筒。

「呼叫總局，我是KYOTO's C4的月台長，請求發布第二級紅色警戒。」

「第二級紅色警戒？鐵軌壞了啊？」總局接聽員慵懶的聲音。

「不明人士劫持了應該在十二分鐘前靠站的血貨列車，情況危急。」

「什麼！那血貨列車現在的去向呢？」那聲音像是從椅子上跳了起來。

「不知道，路線看起來亂七八糟，應該是人工駕駛吧！」

「知道了，總局會強制進行列車管制駕駛。」

緊急通話結束，月台長重重吐了口氣。

這種危險的事，只要別牽連到我身上就行了，說起來列車被劫持也不關我的事啊，又不是在我負責的月台發生的。

話說，總局應該會令血貨列車強制停靠在布滿重兵的K10月台吧？屆時那不知死活的劫持者大概連自殺的時間都沒有，就會被抓起來拷問了吧。

月台長的脖子後面有些奇怪的麻癢，伸手一拍，只摸到脖子後有個腫包。

一隻品種不明的蜜蜂從他的眼前飛過。

「蜜蜂？」月台長抓著頸後腫包，暗暗納悶：「這裡可是地下三百公尺啊，哪來的蜜蜂？」腫包越抓越癢。

突然，月台長的左耳後一陣刺痛，正要伸手拍打時，右手臂與右小腿又是一陣難以忍受的痛楚。不明的麻熱感沿著神經衝上腦際，月台長這才看清楚自己小小的管理室裡，竟有十幾隻蜜蜂迂迴盤旋著。就算不仔細看，從大小跟花紋就可以知道這些蜜蜂都不是同一類別。

「怎麼回事啊？」月台長頭痛欲裂，雙手揮打著蜜蜂，但連翅膀都沾不到。

在月台長毫無效果的揮趕之際，身上又有好幾處被螫咬，傷口明明連瞇起眼睛也找不到的細小，灼熱的痛楚卻好像被獅子咬著似地劇烈。

不到四十秒，月台長臃腫的身體摔倒在地上，嘴角冒著白沫，吸血鬼強壯的心臟，此刻像屢遭電擊般痙攣著，停止呼吸只剩讀秒的距離。

古怪的蜜蜂同時離開管理室，振翅飛往月台後方的幽長隧道。

隧道裡森綠的燈光反射在鐵軌上，一個女人姿勢怪異地飛掠著。

奇特的是，那女人一邊奔跑，一邊卻專注翻看著手中的書。

那女人躍上月台時，蜜蜂正好鑽進她異常寬大的長袍衣袖裡。

「……結果不是嗎？」

女人說，一隻手指夾在剛剛闔上的書裡。

閉上眼睛深思，細密的心思感受著掌心傳來的「尋人啓事」命格能量。

配合闞香愁的「瘋狂囈言者」的預言詩，「尋人啓事」已激烈作用了好幾個小時。命格能量通過女人效率極高的化蟲咒散發四處，她已逐漸聽見獵物的喘息聲。

「看來我得抄近路。」女人看著停在月台邊的軌道車。

第252話

滿車昏睡的年輕男女。

人生遭遇劇變之際，還能這樣渾渾噩噩毫無感覺，實在是件幸福的事。唯一的缺點，大概就剩這場劫難到底能不能逃過吧。

現實人生不是漫畫，不是電影，不是小說，就算出現了英雄，也是個會痛、會死、會拔腿逃走的，活生生的人。

紳士坐在駕駛座旁，好奇地看著烏拉拉在儀表板前東摸摸西按按。

儀表板上的時速好像變快了，人工駕駛模式也強制轉爲中央系統控制。

「喔？方向盤好像突然不聽使換了？」烏拉拉碎碎念道：「十之八九是吸血鬼搞的鬼，雪特，好不容易有開火車的機會說……」

「喵。」紳士不以爲然。

「誰說的？我只是還沒上手而已，如果再讓我摸索三分鐘，我一定會弄懂怎麼把火車開到地面上。」烏拉拉有些氣惱。

「喵。」紳士竊笑。

「喂，好歹別對著我笑。」烏拉拉沒好氣地瞪了紳士一眼。

想想，雖不能放任吸血鬼就這樣控制了列車，但將儀表板整個給毀了，想必也無濟於事，甚至可能搞得整台車子誰也控制不了。烏拉拉自己要逃容易，好不容易搭救到的這三百多人，卻得在這深深地底下送掉性命。

烏拉拉當然不是有勇無謀之輩，此番刻意搭上必會出事的血貨列車，到底是有個計畫放在心底琢磨著。但，不穩定的計畫尚未看到微弱的光明。

「混帳啊，血庫是一回事，載滿了活生生的人的火車又是一回事，我可不能就這樣看著這些人死掉。」烏拉拉有些苦惱，心想：「沒辦法了，如果計畫失敗，我得想辦法把這輛火車飆上地面……」

「喵。」紳士警戒。

列車雷達顯示，後面有一台交通物體快速接近這輛列車。

當然不會是援軍。

「追兵這麼快就來了，一定比剛剛那些業餘打手難纏多了吧。」烏拉拉搔搔頭：「我還以爲列車會開進佈滿重兵的月台才開始大決戰哩，這些吸血鬼眞沒耐性。」

幹掉追兵這種純粹武力較量的事，很簡單，但能逼他們幫自己解除系統控制駕駛，然後乖乖將列車開到地面上嗎？方法是有，可自己的身上可沒這種命格。

「不管了。」烏拉拉衝向車尾，紳士飛竄跟上。

眼前最重要的事，莫過於打敗追上來的吸血鬼部隊。

在車廂內飛奔，烏拉拉瞥眼看見一隻蜜蜂在車廂裡漫無目的地飛著。

「……」

烏拉拉來到車尾，看見好幾台子彈型軌道車疾馳在後方，發出尖銳的摩擦聲。

不尋常的殺氣，個個都是牙丸高手呢。

紳士跳到烏拉拉的肩上，摩蹭著他的耳朵。

烏拉拉咬破手指，另一手搭著紳士的頸子。

血咒紛飛，牙丸武士抽刀，殺氣騰騰等待軌道車與列車接近的一瞬。

烏拉拉手一離開，紳士就飛衝躲起，默契地等待主人下次召喚牠的時機。

「要上車，別想得太便宜呢。」

烏拉拉隨意劈掌，火炎咒張牙舞爪衝向軌道車，炸開！

巨大的爆裂火焰中，衝出了幾道尖銳的光。

刀光！

第253話

「你最好開始祈禱！」一個牙丸武士衝破火焰，落在列車頂上。

「祈禱你可以死得快點！」另一個牙丸武士半身著火，在半空中揮刀砍落。

儘管遭到大火爆車，估計還是有七、八個牙丸武士衝上了血貨列車，果然是訓練有素的暴力軍團。

不過，對付他們如果用上火炎咒能量，實在是太浪費了。

「『請君入甕』，眞武大帝❹！」烏拉拉一跺腳，地氣往上暴衝。

兩把武士刀斬落，眞武大帝上身的烏拉拉斜身一避，身體堪堪夾在兩柄武士刀中間，就連頭髮也難以通過的險距，當眞是間不容髮。

「蛇手。」

烏拉拉一派宗師的氣度，順勢挺身來到兩牙丸武士中，左右手同時攬上他們緊握刀柄的手，分筋錯骨。還來不及聽到喀喀兩聲，兩名牙丸武士長刀脫手。

長刀尚未落地。

「龜旋。」

烏拉拉雙掌搭臂一扭，奇異的勁道令兩牙丸武士的身體不由自主、九十度向後飛出，猛力撞向另外三人。五人跌撞成一團。

毫無追擊，烏拉拉在長刀幾乎要落地時，雙手凌空撈起，迴身擋住從後方夾擊的兩牙丸武士劈落的快刀，星火唰濺。

不愧是把守地底要塞的牙丸武士，跟地面上的烏合之眾果然有些不同，烏拉拉感覺到兩股巨力震盪著自己握刀的雙腕，隨即又是一劈。

再劈。

橫劈。

直斬。

這兩名牙丸武士身上還冒著未熄滅的火，卻強忍痛楚搶住時間，用勇悍彌補武技上的差距，暫時將烏拉拉不順手的雙刀給困住。

「大夥布陣！把他圍住！」

撞成一團的五名牙丸武士抄刀再上，原先失刀的兩名牙丸武士也拔起懸在腰間的短刀欺身攻擊，將烏拉拉困在中間，試圖崩潰烏拉拉的快刀防禦。

「別讓他逃了，把他的手腳砍下來！」半身著火的牙丸武士咬牙大吼。

眞武大帝附身的烏拉拉，在不到半分鐘的武士刀圍困中，也漸漸習慣了是刀非劍的武器，運起若有似無的太極勁，反過來纏困住來自四面八方的猛刀。

「眞武太極，勁！」烏拉拉氣定神閒，雙手武士刀漩起如絲的內力。

不知不覺，每一次的刀光交擊中，烏拉拉灌注在刀上的太極勁不斷拖咬著對方的攻勢。每個牙丸武士都隱隱感到不對勁，習以爲常的揮刀動作竟開始笨重起來，好像有人在刀尖上綁了一塊大石頭般的累贅。

每揮一次，這種不愉快的手感就益加明顯，手臂上的肌肉束越來越緊。想要保持揮刀的速度，就得用罄全身上下每一寸肌肉的力量。

有沒有搞錯？現在就好像拿著不斷膨脹的大斧頭砍劈一樣。

牙丸武士如是心驚。

此刻，他們也發現了，自己揮刀的動作不僅變慢，想砍劈的方向也沒有辦法隨心所欲。說明白點，他們僵硬的肌肉在太極勁的牽引下，已令他們的身體變成被運動慣性操控的懸絲木偶。

「大家清醒點！」

著火的武士奮力大吼，卻發覺牽繫在自己身上的沉重枷鎖頓時減輕不少。

莫名的、不安的輕鬆感。

一瞬間，牢牢捆住所有牙丸武士雙手、怎麼掙扎也無法擺脫的壓力，突然消失得無影無蹤。

失去負荷，不由自主地，每一柄武士刀都高高舉起過頭，兩腳腳跟忽地踮起，好像身處在快速減壓的深海裡，身體每個地方都快飄了起來。

露出，無可挽回的巨大空隙。

「眞武，斬！」

烏拉拉的雙刀輕輕來回一劃，乾淨俐落地切開了他們的胸口，與喉嚨。

七柄武士刀叮叮噹噹落地。

戰鬥卻沒有跟著武士刀的墜落而結束。

「原來是太極的掌劍雙絕啊。」

一個聲音，像蝙蝠一樣倒懸在烏拉拉背後。

猛一回頭，卻發現什麼也沒有。

不知何時，這些頂級高手已悄悄登上了列車。

「想必，你一定就是最近在京都大鬧的獵命師吧。」聲音空洞，不像是活人。

「玩玩而已。」烏拉拉心中緊張，嘴巴卻很隨便。

「底子不錯，只可惜你們有句話，叫什麼來著？」

昏睡在列車地板上的乘客裡，突然有人開口似的。

「叫英年早逝。」聲音從久美的口中發出。

「是啊，叫英年早逝。真可惜年紀輕輕……」聲音這次是從涼宮的喉嚨發出。

是忍者的植語術吧？

怎麼自己老是遇到忍者呢？

「就一不小心踏進……」烏拉拉的左手邊。

飛馳中的血貨列車，燈光突然不自然地熄滅，連隧道裡的指示燈也瞬間失去電力，列車陷入無止盡的恐怖黑暗。

吸血鬼的黑暗動態視覺，將在這個密閉的空間發揮到極致。

「伊賀忍者的……」烏拉拉的右手邊。

「絕對黑暗。」

烏拉拉的——

耳後。

---

❹ 真武大帝，又稱玄武神，玄天上帝。是太上老君第八十二次變化之身，托生於大羅境上無欲天宮，後既長成，遂捨家辭父母，入武當山修道，歷四十二年功成果滿，白日昇天。玉皇有詔，封為太玄，鎮於北方。玄武一詞，原是二十八宿中北方七宿的總稱。《佑聖咒》稱真武大帝是「太陰化生，水位之精。虛危上應，龜蛇合形。周行六合，威懾萬靈」。

第254話

完全的黑暗中，所有的「速度」、「力量」都成爲無意義的幻覺。

「看得見」，是唯一能夠掌握勝機的底牌。

長期棲伏於京都地底，從事黑暗活動的吸血鬼忍者部隊「闇之吻」，就是擁有這張底牌的軍隊。不只在黑暗中來去自如，他們還有可怕的殺人絕藝——當年忍者頭目服部半藏還曾統御他們，星夜與明智光秀派出的武士團血戰，掩護德川家康強渡「越過伊賀國危機」❺。

靠的，可不只是躲躲藏藏而已。

一時沒有動靜，看來這群闇黑忍者還懂得利用心理戰。

每一本格鬥漫畫都會畫到的黑暗戰鬥……所以現在是要開心眼嗎？

「要卸下命格嗎？」烏拉拉心問。

「不，讓我對付他們。」真武大帝的虛擬人格說道。

「也行，記得關鍵時刻把場面交給我。」烏拉拉提醒：「我會隨時用大明咒支援你。」

「沒問題。」真武大帝冷然道。

其實烏拉拉剛剛並不需要使用任何命格，就能靠體術輕易取勝，但逮到機會就隨時利用命格作戰，是烏拉拉身爲獵命師的直覺，與偏好。

也因爲如此，烏拉拉比起其他的獵命師都要熟悉各種命格，甚至在剛剛獵取未曾使用過的命格時，也能直覺地操作它、發揮命格的基本特性。

平常是有點臭屁，但不把時間花在無謂的驕傲上，是烏拉拉最大的優點。

「來吧，你們這群妖魔小丑！」烏拉拉正氣凜然，在黑暗中舉起雙刀。

雙手握住刀柄的手指，暗暗騰出了一根，在掌心裡劃上大明咒語。

在「請君入甕」命格虛擬出的眞武大帝作用下，烏拉拉體內積貯的能量化爲太極內力。依照命格的慣性，眞武大帝大概還可以支撐五分鐘。

「妖魔小丑？說得好。」

不對勁！

烏拉拉的身體，竟同時被十幾道快速絕倫的利器給劃過。

在此同時，烏拉拉雙刀旋風砍開，太極刀勁在電車獵獵呼嘯。

「奇怪？怎麼沒有辦法使出大明咒？」烏拉拉驚異不已，身上被利器割出數十道淺淺的傷口。

明明揮刀時就打開了半只手掌，怎麼連一點光都放不出來呢？

烏拉拉沒有細想的時間。

又是十幾道從四面八方而來的破空利器，烏拉拉聽風辨位，運揮起太極刀防禦時，已經來不及擋下全部。事實上，幾乎每一道不明利器都命中了烏拉拉。

「火炎咒呢？」烏拉拉疑惑，指尖燎繞起一縷火焰。

能量存在，卻失去了光。

「沒用的，嘻嘻，這裡可是強制的黑暗。」

這次的聲音，是從烏拉拉自己的喉嚨底發出來的。

討厭的植語術。

「還好啦，沒有強制你一定會贏就好了。」烏拉拉心想。

然後又是一陣討厭的黑暗攻擊，烏拉拉左支右絀，只能用刀勢護住要害，但身上又多了好些傷口。再這樣下去，光是失血就要了他的命。

攻擊後，四周只剩下列車與鐵軌的高速摩擦聲。

空洞的黑暗與沉默。

此時，烏拉拉感到眞武大帝的憤怒在體內快速膨脹著。

「偷偷摸摸算什麼！要你們現形！」

眞武大帝丟掉雙刀，左手化起蛇形拳，右手托起龜力掌，在黑暗中大開大闔，每一招都是中者立斃的十成功力。

「這種莊稼漢的架式，打得到我們嗎？」來自黑暗裡，躺在地上乘客的聲音。

「有喔，我剛剛好像被你碰了一下喔，眞的有喔！」依舊是虛僞的戲弄。

「好可怕啊，我怎麼敢接近呢？」廉價的訕笑，又來自烏拉拉自己的喉嚨。

烏拉拉心裡很清楚，一向眼高於頂的眞武大帝，如果在戰鬥中遭到擊敗，以後要在潛意識裡虛擬出他的能量就非常困難了。但實際上，眞武大帝並沒有破解黑暗的辦法，只是在黑暗裡盲目地尋找敵人，發出沒有著落的攻擊。

不簡單。

烏拉拉冷靜地旁觀著：敵人並非來勢洶洶，而是躲在黑暗中快速攻擊、忽又在得手後隱沒——極有耐心的獵者姿態，不愧是眞正的忍者，與講究對決的武士大相逕庭。

連對方有幾個忍者都不知道。

大腿一陣刺痛——又被逮到空隙了。

□

「真武大帝，請一邊小心護身，一邊聽小弟建言。」烏拉拉吐吐舌頭，心道：「剛剛大明咒跟火炎咒被敵人出言戲弄，反而得到了很棒的情報。」

「什麼情報？」

「如果真的是對實際空間進行強制性的黑暗咒語，照道理他們自己也看不見才是，吸血鬼在黑暗中的視力再好，也得有一絲絲的微光才行，如果現在是絕對的黑暗，大家都得用聽音辨位作戰——但是，他們既然出言諷刺，就表示他們看得見大明咒跟火炎咒，只是我們的眼睛被奇怪的咒語遮蔽了。」烏拉拉平靜地分析：「我們被蒙著眼睛打，而他們則是睜著眼睛作戰，而不是像真正的蝙蝠一樣可以在黑暗裡來去自如。」

「會用這種雕蟲小技，表示他們真正的實力還不夠抬上桌面！」真武大帝冷冷心道：「那好，你再一次釋放大明咒，我趁他們瞎了眼的瞬間，一口氣往四面八方攻去！」

「不。」

「不？」

「知道可以贏就行了，這一次，我想輸。」

「想輸？」

烏拉拉想起了，某個他很介意的畫面。

「先放槍，等莊家連一拉一，再胡回一把哩咕哩咕，豈不更好？」

不等眞武大帝反駁，烏拉拉一沉氣，解除了眞武大帝的神降狀態。

烏拉拉微笑，一想到現在列車內部的眞實狀況依舊是燈火通明，而那些用咒語控制自己腦部意識的忍者，則在列車中小心翼翼地接近自己的模樣，烏拉拉就忍俊不已。

「好吧，投降輸一半。」烏拉拉笑笑，深深吸了一口氣：「我的身上有價值連城的祕密，你們可要留我一個活口喔。」

接下來，就是準備被揍暈了吧。

❺ 天正十年六月二日黎明前，京都爆發了本能寺之變，以天下布武為志向的織田信長壯志未酬身先死，當時德川家康經過京都和奈良一帶遊覽泉州的界港，身陷險境。經過商議之後，家康一行人決定偽裝返回京都，然後偷偷地經由伊賀國的小道回到本國三河。但在信長死後一片騷亂的時刻，對於像家康這樣的諸侯，無論是明智光秀所屬的勢力或一般農民百姓都可能攻擊他們，情勢凶險。與家康同行的服部半藏徹夜不眠地進入甲賀的地盤，取得了在伊賀和甲賀郡境內頗有影響力的多羅尾光俊的協助，然後在國境的山道生起狼煙請求伊賀忍者馳援，一共召集了三百餘名的伊賀和甲賀忍者。由於半藏的活躍，家康從九死一生的絕境中得救，從伊勢國白子搭上船，平安無事地回到岡崎城。此行令德川家康開始重視「忍者」這種隱性戰鬥力的存在，而服部半藏更從此贏得「鬼之半藏」的稱號。

萬賤歸宗

命格：情緒格

存活：兩百年

徵兆：你就是賤，女友偷偷搞上你的好哥兒們，你居然只是從門縫裡遞上保險套。你就是賤，有個臉上寫著「毒犯」的大叔請你幫他拎一塊海洛英過海關，你就是無法拒絕。你就是賤，明知道下家在等你的紅中就清一色胡牌，你就是忍不住把紅中丟出去。你就是賤，明明富樫義博就是在打PS2，你還是癡癡地等待獵人的最新進度（停在二六〇回，總有個三、四個月吧？）

特質：你就是賤，賤賤賤賤賤！

進化：我的手指有不小心按到核彈發射鈕的病。

第255話

失控長達二十分鐘的血貨列車，漸漸靠近K10月台。

鐵輪以規律和平的節奏摩擦著軌道，緩緩停了下來。

K10月台並沒有如預期般重兵坐鎮，好迎接膽敢劫車的狂徒。

——只有上百具的牙丸戰士的屍體，橫七豎八地倒在偌大的軍事月台上，幾柄武士刀像玩具般散落在屍體上，發出毫無用處的白光。與其說是恐怖，詭異更接近此時的畫面。

只有一個女人是直挺挺站著的。

她就是這一切慘狀最佳，也是唯一的解釋。

「怎麼回事？」

「所有同伴都被殺了，是個強敵。」

闇之牙忍者團躲在血貨列車上，不敢輕舉妄動下車。

那女人穿著僧侶般寬大的袍子，手裡翻書，微微皺起眉頭看著。

她閱讀的速度不算快，血貨列車進站後才翻了一頁。

上百具屍體沒有傷口，甚至看不見一滴血。

——根本無法辨識這些夥伴的死因。

不，並不然。

他們的臉上、脖子上、手上，都微微腫了起來，皮膚發青。

「是毒。」

「不明白是怎樣的毒。」

「什麼樣的手法可以瞬間殺死這麼多夥伴？」

闇之牙忍者團一共有十一名，彼此用若有似無的密語交談著。

面對以一人之力摧毀一個軍事月台兵力的女人，沒有人膽敢小覷。

她表面上自顧自看著書，絲毫沒把血貨列車上的伏兵給看在眼底，到底是一種浮誇的喬裝姿態，還是眞實的個性使然？無論如何，滿月台的屍體已表達了她的實力。

慘遭俘虜的烏拉拉被五花大綁，暗自觀察這一切。在雙方的戰鬥開始前，他沒別的事可做，只有祈禱等一下的戰鬥不要波及到車上三百多名幸福昏睡著的乘客。

「是你的夥伴吧？」闇之牙的忍者頭目輕輕壓著烏拉拉的頸骨，壓低聲音：「她的能力是什麼？」只要猛一用力，烏拉拉的頸骨就會爆開。

「你們可得小心了，她也是個獵命師，能力是凌霄天雨掌。」身處險境，烏拉拉還是硬要開玩笑：「這能力恐怖到了頂點，一使出來掌影有如豪雨，只要被掌影帶到一點邊，就會全身爆炸而死。」

「你現在就想死，可以，只要再一句廢話。」忍者頭目嚴肅地說，手指加壓，痛得烏拉拉幾乎要流出眼淚。

一隻蜜蜂——那隻蜜蜂，停在高中女孩凌亂的頭髮裡。

翅膀隱隱在動。

烏拉拉虛弱地揮揮手，忍者頭目才停止加壓。

「……是書。」烏拉拉的臉貼著地板。

「書？」

「她的書裡，藏著毒氣咒。」烏拉拉胡說八道。

「什麼？說清楚一點。」忍者頭目一凜。

毒氣，果然不好應付。

「那一本書裡的字全部都是封印咒，只要她對著敵人翻頁並讀出裡面的句子，封印就會解開，可怕的毒氣就會蔓延出來，有效範圍是方圓一百公尺，一百公尺以內無人可以倖免，就算是閉氣也沒有用，這些你也看出來了吧。」烏拉拉恐懼地說。

閉氣也沒用的毒氣？

那就是從皮膚滲透進去的吧？就算是使用絕對黑暗的咒法也無濟於事。

忍者頭目思考著作戰方針。

幸好事先知道了敵人的能力，這樣就不至於像月台上的夥伴遭到突襲犧牲。

牙丸武士儘管戰鬥力高強，但身處黑暗的忍者，自有忍者的戰鬥方式。

「毒氣有顏色嗎？」

「……綠色的。」

「解開封印的句子，需要念多久時間？」

「不清楚，大概也要個三、四秒吧。」

「說，她現在怎麼不乾脆把毒氣施出來決勝負！」

「……」

「說！」忍者頭目的手指像鋼鉗一樣。

「她的咒力有限，現在一定是她重新積聚能量的時間。」烏拉拉眼睛充血。

夠了。忍者頭目心想。

但這些，只不過是烏拉拉針對他所看到的現象胡謅出來的狗屎。

烏拉拉腦子裡真正轉的，卻是另一場戰鬥的空白內容——渾不理會大敵當前，那女人就站在堆滿屍體的月台上看她的書，等待敵人先出招，喔喔，與其說那女人是看不起敵人而悠閒自在地看書，不如說她過分專注書裡的世界，偏執到孩子氣的地步。

這樣的對手，有趣非常啊。

「聽我一句，等到毒氣咒發動就來不及了，到時候連我也躲不過，請你們快點開車逃走吧……」烏拉拉痛苦地說，作戲的冷汗爬滿了額頭。

「逃？沒有人可以搶走我們血族的食物。」忍者頭目冷笑。

「闇之牙，誓死保護我們的食物。」另一名忍者露出尖銳的犬齒。

「誓死保護我們的食物。」其餘的忍者同時露出充滿自信的眼神。

既然知道毒氣是從女人手中的書來的，解開毒氣咒的封印又需要至少兩秒的時間，那樣戰鬥方針便很明顯了。真是天皇保佑，讓我們事先得知敵人有這麼可怕的招式，不然京都闇之牙忍者團今日恐怕會被敵人一舉殲滅。

忍者頭目握拳，虔誠地感謝「戰運」是站在自己這邊的。

「絕對黑暗一開始，就用最快速度搶奪那女人手中的書，不要讓她有機會打開。」

忍者頭目下達命令：「如果搶不走，就砍掉她的手。」

語畢。

所有闇之牙忍者起手結印。

第256話

獵命師，兼閱讀狂的倪楚楚正翻閱著書，心裡碎碎念著。

「那個臭小鬼怎麼會被抓了？真是把獵命師的臉都丟光了。」

就著月台慘白的日光燈看書，倪楚楚耐心等待著敵人對她的攻擊。

京都是日本古代的首都，血貨供輸的管道極其複雜，像微血管一樣埋在京都的地底肌理裡，若沒有地圖指引，就算是長期在裡頭活動的吸血鬼一旦走岔了路也會迷失在裡頭。倪楚楚可是透過了非常特殊的命格能力，加上自己獨家的咒術，慢慢縮小範圍，好不容易才追蹤到獵命師的叛徒烏拉拉。

她沒有多少時間，倪楚楚心裡很清楚。

承平太久的京都只是欠缺面對戰鬥的機動感，才會讓她單槍匹馬殺掛了一整個月台。但如果躁亂持續太久，其餘月台的重兵也甦醒趕來的話，倪楚楚體內積貯的能量耗竭，就不得不逃了。

深深一吸氣，根據她用「蜜蜂」佈下天羅地網的「眼線」告訴她，自己大概還有十分鐘的緩衝時間可以殺死不明的敵人，並且殺掉叛徒烏拉拉。如果用上了她儘可能散布、藏匿在隧道氣孔間的蜂群所組成的「自動防禦攻擊網」，則還能多拖延個半小時。

月台的燈一閃一閃，倪楚楚手上的書頁跳動得厲害。

「看來，我們終於有了戰鬥的共識。」倪楚楚冷冷道。

隧道裡所有包含「光」字的辭彙，在眨眼間詭異地被黑暗吞沒。

那黑暗來得很不正常，就像這腔腸般的空間忽然染上了黑暗病毒似的。

「戰鬥？」

「這是什麼口音啊。」

「是戰鬥啊？」

「她說的是共識嗎？」

「走錯月台的代價可不輕啊。」

「看妳挺輕鬆的嘛。」

月台上滿地的屍體，是植語術的最好聲腔。

闇之牙忍者眾在植語術的掩護下，用比貓還輕的步伐躍出了血貨列車，壓著身子接近倪楚楚。這已是他們最積極的戰鬥方式。

「嘻嘻，妳去地獄裡跟閻王擁抱你們的共識吧！」

聲音來自倪楚楚的頭頂上方。

十一道銳利的風在虛偽的黑暗裡刮起。

得手了！忍者頭目嘴角揚起。

但，倪楚楚手中的書本被擊落的同時，從她的身上炸裂出巨大的雷聲。

轟轟轟轟轟轟轟轟轟轟轟轟轟轟轟轟轟轟轟轟轟轟轟轟轟轟轟轟轟轟轟轟轟轟轟

轟轟轟轟轟轟轟轟轟轟轟轟轟轟轟轟轟轟轟轟轟轟轟轟轟轟轟轟轟轟轟轟轟轟轟

轟轟轟轟轟轟轟轟轟轟轟轟轟轟轟轟轟轟轟轟轟轟轟轟轟轟轟轟轟轟轟轟轟轟轟

轟轟轟轟轟轟轟轟轟轟轟轟轟轟轟轟轟轟轟轟轟轟轟轟轟轟轟轟轟轟轟轟轟轟轟

轟轟轟轟轟轟轟轟轟轟轟轟轟轟轟轟轟轟轟轟轟轟轟轟轟轟轟轟轟轟轟轟轟轟轟轟轟
轟轟轟轟轟轟轟轟轟轟轟轟轟轟轟轟轟轟轟轟轟轟轟轟轟轟轟轟轟轟轟轟轟轟轟轟轟
轟轟轟轟轟轟轟轟轟轟轟轟轟轟轟轟轟轟轟轟轟轟轟轟轟轟轟轟轟轟轟轟轟轟轟轟轟
轟轟轟轟轟轟轟轟轟轟轟轟轟轟轟轟轟轟轟轟轟轟轟轟轟轟轟轟轟轟轟轟轟轟轟轟轟

「！」

不，不是雷聲。

是幾何膨脹的、以數百萬計的狂亂蜂鳴！

「痛死啦！」

擊落書本的闇之牙忍者首當其衝，被黑壓壓的蜂群掠過，痛苦慘叫。

「冷靜！」首領一喝，所有忍者各自朝不同方向躍開。

雖然被那小鬼給擺了一道，但應該緊張的是什麼也看不見的敵人，而非自己！

「了不起的強制黑暗，你們忍者的血統果然摻雜著白氏一族。」倪楚楚在黑暗裡的獨白聲音，明顯被渾濁在洪水爆發般的蜂鳴聲中：「拿得出這樣的詭術作戰，應該是無往不利吧。」

所有闇之牙忍者都屏住氣息，遠遠看著倪楚楚，手裡拿著銳利的苦無。

「不過多看書多長知識，不管你們是不是能夠同時改變這幾百萬隻蜜蜂看到的影像，但蜜蜂還能探測到敵人接近時候呼出的二氧化碳。二氧化碳分子穿過蜜蜂觸角中的小孔，進入一個富含感覺器官的腔，從這裡二氧化碳分子很快被傳送給大腦。根據二氧化碳密度的增加，蜜蜂還能準確探索到氣體的來源地。」倪楚楚的語氣平淡到像是照本宣科，而非勝利的預告：「你們雖然閉住了氣，不過還是免不了有二氧化碳從你們身上被代謝出來，所以你們不要傻傻地待在原地，想辦法跑得比這些殺人蜂快，就有活命機會了。」

所有忍者一愣。

蜂鳴如雷，遭五花大綁的烏拉拉趴在地板上，集中所有的精神聽著倪楚楚的長篇大論，心中暗暗好笑——這個追殺自己的女人，竟跟自己有相同的惡癖。

「跑啊？還懷疑啊？」倪楚楚的聲音幾乎聽不見：「通常學者會說，一般蜂毒致人於死的量大約是五百到一千次蜂螫，但這是指同一種蜂毒來說。我自己養的胡蜂多達一百四十種，其中有一半在這個世界上的百科全書翻不到，只要同時被十種異種胡蜂螫到，神經毒就會錯亂你們體內的神經傳導訊號、內臟出血、強制性痙攣而死。」

在倪楚楚爲吸血鬼忍者講解胡蜂百科知識時，蜂雷朝四面八方滾滾而去，不一會兒就淹沒了闇之牙忍者的逃逸路線。每個忍者都中了數百枚毒針，身上覆蓋密密麻麻的胡蜂，宛若一件油黑色的鎖子甲。

忍者們逐一跪倒時，烏拉拉發現四周的黑暗也一層接一層褪去。

顯然是這些忍者個別的咒力不夠，要使出「絕對黑暗」須靠每個人戮力合作，只要一個人死亡退出，絕對黑暗的結界就會自動剝去一層。

「好厲害的大招式。」烏拉拉讚嘆。

這獵命師一舉就崩潰了京都闇之牙忍者團，一定是長老護法團等級的高手。

但，在月台幾乎回光的此刻，還有個人沒有放棄。

「別小看了忍者經年累月，以身養毒的試煉！」裹成蜂人的忍者頭目暴吼，拚著劇烈的痛苦衝向倪楚楚，雙手抓著銳利的尖刺。

他的視線幾乎被滿臉的胡蜂給遮蔽住，還有幾隻體型細小的胡蜂鑽進他的鼻腔、耳腔內狂螫，但忍者頭目拚著最後一股蠻氣，也要跟倪楚楚同歸於盡。

距離十步。

八步。

「很可敬啊。」倪楚楚伸出手，對著忍者頭目。

五指箕抓，在四周散飛的蜂群瞬間朝忍者頭目飛去，集中成一個黑色的蟲球。

七步。

六步。

蟲球爆擊如拳，擊在忍者頭目的心口上。萬毒鑽刺，心臟登時飛快腫脹，直接將忍者頭目的靈魂爆碎。

五步。

四步。

戰鬥結束。

尋人啓事

命格：機率格

存活：兩百五十年

徵兆：經常與知名通緝要犯擦肩而過的刑警，第一眼就直覺發現賊車的交警。

特質：只要是曾經接觸過的人，宿主都可以透過與他們之間的靈感，去間接感應那些人的人群接觸經驗，百人有百眼，千人有千目，藉以找尋到宿主想找的人，說穿了，便是集結固定區域的生命體的運氣去尋人罷了。如果想找尋的人已確認在某個區域內活動，命格的能力將會發揮到極致，此點與「朝思暮想」有異曲同工之妙。但若目標躲在杳無人煙之處，命格將無有發揮之力。

進化：不明。

第257話

倪楚楚拍拍手，這些鋪天蓋地的胡蜂像黑色的龍捲風一樣，快速迴捲，回到倪楚楚寬大的衣服底，一隻一隻都結附成咒。密密麻麻的，化蟲咒的咒縛刺青。

蜂雷不再，只剩巨大抽風機的機轉聲。

月台上一個獵命師，列車裡一個獵命師。

還有三百多個無知無覺的人類乘客，他們的命運還沒有依靠。

「我遇過一個穿黑色西裝的獵命師，他可以從身上抓出很多噁心巴拉的蜘蛛，甚至可以抓出大到像放屁的恐龍蜘蛛。」烏拉拉依舊倒在地上，看著早就躲起來的紳士走了過來，用粗糙的舌頭舔舐自己的鼻子。

讓你擔心了，夥伴。

不過真正皮痛的戰鬥，才正要開始。

「他叫廟歲，是個自以爲是的臭光頭。」倪楚楚又開始翻書。

「在一起嗎？」烏拉拉輕輕鬆鬆用火炎咒燒開了身上的束縛，蹲在地板上。

「沒有。」倪楚楚一邊看書，神色自若應答。

「我覺得變出蜜蜂比較厲害，因爲蜜蜂比較多隻，而且會飛。」烏拉拉活動筋骨，做起暖身運動來了。

「謝謝，不過廟歲是不會承認的。」倪楚楚頭也不抬。

這算什麼對話。

「對了，妳會操作火車嗎？我想解除強制中央控制，把這些人送回地面。」烏拉拉說，一邊摸著紳士走下火車。

此刻的烏拉拉，早已迅速解除血咒，把「請君入甕」的命格鎖回紳士體內。

「會。」倪楚楚看過一本教人如何開火車的冷門工具書❻，馬上轉移話題：「你可有想過，堂堂獵命師被這種程度的吸血鬼打敗，就算是故意的，也非常丟臉。」

這是個局，倪楚楚已經發現了。

烏拉拉知道，在這些善用黑暗攻擊的闇忍者面前，不拿出特殊能力是無法獲勝的。

烏拉拉故意輸給闇之牙忍者，就是爲了藉著忍者的能力，刺探出倪楚楚的拿手本領。

而現在，烏拉拉已經看清楚倪楚楚的「化蟲咒」的基本應用了。

「哈哈，我這個人就是欠缺羞恥心的自覺，爲了贏，多一些勝算總是好的。」

「不過你這麼做有欠考慮，如果他們砍斷了你的手腳筋才綁起來呢？」

「的確有這個危險，不過我很合作，充分表現出一個鬥敗之犬的窩囊樣，他們也暫時好手好腳地把我捆了起來。」烏拉拉吐吐舌頭：「當然啦，如果他們想把我砍成殘廢，我就一把火把他們都給燒了。」

倪楚楚點點頭，算是認同了烏拉拉的膽識。

不過，正沉迷於手中書《一個人也可以開潛水艇》的倪楚楚，還不急著宰掉烏拉拉。倪楚楚的好奇心極強，還有最重要的問題沒問。

「我們這麼多獵命師，裡頭當然有善用預知命格的能力者，你爲了與我們一鬥，反過來利用起我們燃煮的預言，眞是令人猜想不透。」倪楚楚還是那副事不關己的語氣，說道：「總而言之，你是怎麼識破我的追蹤的？」

「蜜蜂。」

「喔？你能夠分辨什麼是咒化的昆蟲，什麼不是？」倪楚楚不信。

「不不不，我無法分辨，不過哪些蜜蜂的身上有微量的命格能量，我嗅得出來。」

烏拉拉抖抖眉毛，有些得意：「我畢竟是個獵命師嘛。」

倪楚楚點點頭，表示佩服，又問：「好了，現在一切盡如你意，你等到了我，又調查清楚了我的能力。現在你究竟打的是什麼算盤，可以說給姊姊聽嗎？」

被族人追殺這麼久，這還是烏拉拉第一次遇到這麼執著於聊天的「敵人」，他幾乎噗嗤一聲笑了出來。

「從何說起呢？我後來發現一個真理。」烏拉拉笑嘻嘻：「要找到上帝限量釋出的好命格，最快的方法莫過於搶奪獵命師身上的珍藏。」

「理論正確，但問題是——」倪楚楚冷冷說道：「你怎麼搶到我身上的命格？」

「兩個方案。」

烏拉拉吹吹手掌，嘻嘻笑道：「第一個方案，我們分別拿出一個命格打賭，揍贏對方的人，可以把獎品帶走。當然了，打賭的命格要由對方來選，這樣才不會辛苦打贏，卻只能把垃圾打包帶走。」

幼稚。

「第二個方案呢？」

「就一般決鬥啊，妳贏了就把我幹掉，我贏了就硬搶我想要的命格，把妳丟在地上。」烏拉拉面露可惜之色，顯然不推崇這個選項。

「天眞。」

「那就是硬搶囉？」

烏拉拉摸摸紳士，紳士再度躲進烏拉拉的背包裡，說：「不過我們先說好，最後還活著的人必須把這輛列車開回地面。你們已經不敢挑徐福了，協助一下傻瓜人類應該不爲過吧。」

其實，順手搭救這台車的乘客，原本就在倪楚楚的計算之中。

「如果你死了，憑什麼覺得我會遵守約定？」倪楚楚將看到一半的書頁摺角。

「我哥說，女人一般都蠻不講理，但只要說過的話，就會死心塌地。」烏拉拉吹吹手掌，笑笑道：「妳眞的很酷，遇到很酷的我通常都打不太贏，但爲了妳身上的珍貴命格，今天可以破例一下。」

「我最討厭耍嘴皮子的人了。」倪楚楚闔上書，將書放在大衣口袋說道：「我看到一個段落了，開始打吧。」

烏拉拉翻身倒立。

---

❻《只要十分鐘，你也可以開火車》；宮本喜四郎著；民明書坊出版社，一出版就造成嚴重滯銷的夢幻逸品，與《親自撿骨一點也不難》、《一公升的精液》並列二十世紀最不可能再版的三本書。作者同為宮本喜四郎先生。

第258話

「也是，我看過一本書，裡面說每個人最討厭的人其實都是自己。」

烏拉拉習以爲常，最佳的戰鬥姿勢。

「……」

「……」

倪楚楚像是想問什麼，卻又硬忍了下來。

「我先上啦！」看到空隙，烏拉拉大叫一聲，旋轉身體出手！

「化蟲咒，蜂炎蜂雨。」倪楚楚大袖飄飄，砲彈似的異種胡蜂從袖口噴出。蜂如雷。

烏拉拉毫不緊張，一掌催動火炎咒，一道火牆將胡蜂悉數燒斃，不讓逼近。

「也許妳很強，但火炎咒天生就是這些蟲子的剋星！抱歉啦！」烏拉拉雙掌輕輕翻滾，用最有效率的火焰交錯，逼退本能上不敢對抗火焰的胡蜂。

即使是長老護法團，遇到能力相剋的對手，有時也得認栽。

倪楚楚當然也明白這個道理。事實上，在她與烏拉拉交手之前就明白自己的弱勢。她的算盤，打得自又與烏拉拉不同了。

烏拉拉的火拳碎裂了倪楚楚的蜂陣，倪楚楚在火焰中冷靜地閃躲，一邊解開幻貓咒，一條紫色的小靈貓忽地從她的掌中示現。

能力只是輔助，命格才是獵命師作戰的精髓。

「……你剛剛提到的是哪一本書？」倪楚楚在火焰中兀自廢話，一手抓起地上的忍者死屍丟向烏拉拉放出的火焰。另一隻手，自然是在換命了。

火焰瞬間將忍者的屍體烤香，而倪楚楚也成功將「尋人啓事」換成了同樣不具戰鬥性格的「拖泥帶水」。此時，烏拉拉竟神不知鬼不覺來到她的背後，以怪異的姿勢給了她冒火的一拳。

碰！夾帶著內力，倪楚楚的雙腳離地。

原來，烏拉拉的火焰攻擊也是障眼法。

倪楚楚藉著拳勁後飛，一面撥熄大衣上的著火，一面凝神操控散亂的蜂群。蜂群再度啓動，從四面八方圍攻火炎咒高手烏拉拉，烏拉拉的手正拉好背包上的拉鍊，躲在裡頭的紳士眼睛眨眨。

「妳說那本書喔……宮本喜四郎，在明治時代出版的《喂！你幹嘛討厭自己？》。」烏拉拉回答時不忘用雙手築起火牆，左太陽穴卻一陣刺痛，慘叫：「痛死啦！」

好快的蜂，竟鑽過火焰的死角螫了過來。

「超高速的異種蜂，瞬間的飛行速度比子彈還快。」倪楚楚吹著大衣上的焦煙，冷冷道：「孩子的學習不能等，你的火焰對稀有品種沒有用。」

說著說著，烏拉拉的右肘依稀被什麼小東西給撞上，一陣痠麻感在敏感的肘神經燒了開來。想必又是被「子彈蜂」給偷襲。

烏拉拉雙手各自握住一把火，朝倪楚楚大罵衝了過來：「就妳了不起啊！我的火焰也有稀有品種！火咬拳！」左手築火防禦，右手焚起一條活轉靈現的火龍追咬倪楚楚。

火炎咒是非常純粹的能量咒語，所爆發出的攻擊非同凡響，這幾個攻防打下來，月台早已找不到一塊白色的地方，倪楚楚的大衣長袍很快也變成一片片黑蝶。

赤裸事小，沒看完的書也跟著燒成灰燼，讓冷言冷語習慣的倪楚楚也不禁動了眞怒。倪楚楚集中精神力整合蜂群，加諸在子彈蜂身上的能量又更強了。

「沒禮貌！」倪楚楚瞳孔縮小，咒力又漲。

偌大的蜂群只是子彈蜂的掩護，尤其以智力最低、耐熱力最高的撒哈拉巴棗蜂當主體，群起逼近烏拉拉。等到巴棗蜂吸引住火牆後，再由眞正的主角子彈蜂瞬間加速、接近目標、螫咬！幾乎例不虛發。

「有沒有這麼痛的啊！」烏拉拉腳步差點不穩，膝神經大痛。

一拳揮空，殘在空中的流火讓倪楚楚一陣目眩。

烏拉拉的拳腳攻勢每每被子彈蜂的螫咬停頓片刻，不同於硬打硬架的創傷，子彈蜂針對「神經」的密集攻擊，產生的異常痠痲感讓烏拉拉無法忽視。

「你應該慶幸子彈蜂的毒性不強，不然你早就倒下了。」一絲不掛的倪楚楚跳到列車頂上，其實也不好過。

在烏拉拉的連環火拳攻擊下，倪楚楚頭髮都烤得捲曲了起來，連嘴唇也乾裂了。在通風不良的地下隧道裡戰鬥，烤風滾滾，連汗都瞬間蒸發的惡劣環境底下，倪楚楚開始呼吸困難。

「是嗎！」

在旋轉中甩開背包，烏拉拉全身浸浴在淡紅色的薄薄火焰裡，那一瞬間烏拉拉的衣服當然化爲細碎的焦炭，一晃便整個抖落。

赤裸浴火的烏拉拉大喊道：「我看出妳的本體一點也不強，才會去養這什麼怪蜜蜂！好的不學，去學什麼老頑童周伯通！喝！這樣妳就沒輒了吧！」衝了過來。

焚風撲面，倪楚楚點點頭，這樣的確是沒輒。

「是不錯，但你能維持多久呢？」倪楚楚不敢招架，趕緊躲開，方纔蹲坐的列車頂頓時焦裂開一個大洞。

烏拉拉如閃電追上，兩人在月台柱上交錯，烏拉拉狠狠給了倪楚楚一腳，倪楚楚砲彈般重重摔在柱子上，身上還甩帶著流火。

「剛剛好打敗妳就夠了！」烏拉拉化爲焰人，每一個招式都增強了不少威力。然後又是吞吐火焰的一掌，燒得倪楚楚又得擲起幾個屍體擋著。

所幸月台上最多的，就是屍體。

如果撇開火焰與蜂群，兩人就這麼互毆起來，烏拉拉千奇百怪的體術攻擊不是倪楚楚吃得消的。但奇怪了，雖然烏拉拉明顯比倪楚楚要強悍，然而接下來的交手卻有如爛泥摔角，倪楚楚只有勉力支撐的份，烏拉拉卻無法將她擊倒在地。

「混帳，一定是她使用的命格的關係。」久攻不下，烏拉拉心中開始焦躁。

……不，也不盡然。

凡事都有原因，「拖泥帶水」命格要發揮，也得藉助環境條件才行。

這條件，恐怕就是自己的心態。

第259話

此時，倪楚楚已經到了極限。

先不說那眼花撩亂的火焰，早已把無數殘影刻在她的眼角膜上。眞正的威脅在於熱。空氣已經灼熱到就如同剛用極速跑完一百公里的車子引擎蓋，在戰鬥的每分每秒都貼著她的皮膚，把她的毛細孔都蒸出淡淡的白煙，體內的水分彷彿也快沸騰了。

據說人類的大腦到了某個溫度就會停止活動，想必就是現在了吧。

「我快聞到自己被烤熟的香味了吧？」

半閉上眼睛，倪楚楚眞想走進便利商店吹一下冷氣。

可惜，這是多麼奢侈的想法啊。

「原來是『拖泥帶水』，才讓我瞎打了這麼久。」

倪楚楚模模糊糊，聽到這句話。

烏拉拉烈焰爆響的一拳，停格在倪楚楚的鼻子前，沒有繼續前進。

倪楚楚一怔，趕緊往後輕輕一躍。

「原本我只是想要搶走妳的命格而已，打女人嘛，總是不想打得太難看。」烏拉拉吐吐舌頭：「算了，其實，我不用逃跑已經很幸福了。」

就這樣，烏拉拉身上的火焰熄了。

「不打了，下次再玩。」

倪楚楚說得沒錯，那可是非常消耗咒力的持續型招式。

烏拉拉蹲下，將背包的拉鍊開了條縫，讓紳士可以探出頭來，隨後撿起地上忍者的衣服隨便穿上。

「你想得真輕鬆。」

倪楚楚冷冷看著正忙著穿衣服的烏拉拉，也不知領不領情，但全身是傷的她可真是累壞了，隨時都會暈倒。輕輕吹著奇異的曲調，那些烏雲般的胡蜂忽地衝回她的身上，咒化成密密麻麻的小黑點刺青。

原本倪楚楚白皙的赤裸身軀，突然就像個斑斑點點的行動藝術展覽品。

「你難道不覺得奇怪，我們在吸血鬼的地盤上打了半天，竟沒有吸血鬼過來打擾？」

倪楚楚靠著溫熱的柱子，調整呼吸。

倪楚楚看著月台旁鐵軌隧道的深處。

「喔？說也奇怪喔。」烏拉拉拉上褲子。

隱隱約約，有一團「吵雜的聲音」像活塞般壓了過來。

烏拉拉豎耳聆聽。

那聲音恐怕不只一團，而是沒有章法的好幾團蜂群，全部都朝這裡飛來。

「妳把蜂的力量分散開來，散在這些隧道裡調查我人在哪裡，還可以監視……不，甚至是阻止吸血鬼的行動。」烏拉拉讚許道：「眞是很棒的能力呢，比我的噴火要實用多了。」

果不其然，那些胡蜂從隧道裡衝出後，便前仆後繼鑽回倪楚楚的身上。倪楚楚的精神一振，因爲每一隻蜂都是從倪楚楚的咒力分化出去的，現在回來了，也重新滋養了倪楚楚昏昏欲睡的心神。

「一開始，我就知道打不過你的能力。」倪楚楚還是覺得口乾舌燥，打定主意等一下一定要在冷氣房裡好好睡一覺，繼續說道：「所以我看書，是爲了等夥伴。跟你過招，也只是幫忙我同伴消耗你的體力——畢竟他也掛了不少攔路的吸血鬼。」

原來是要等夥伴啊……也沒多大新意的佈局嘛，烏拉拉吐吐舌頭。

「叫什麼？」烏拉拉問。

「兵五常。」倪楚楚走向血貨列車。

「擅長什麼啊？」又問。

「殺人。」簡潔有力。

「……喂，妳就這麼走了？」

「不然呢？難道替你收屍。」

「喔。」

「依照約定，我順道把這些人載走。你死之前記得跟貓說幾句話，我們與貓的緣份來得不易，別讓靈貓太傷心了。」倪楚楚熟練地操作著儀表板上的拉把。

列車輕輕晃了一下，已經重新啓動。

「那還眞是謝謝了。」烏拉拉頓了頓，忍不住問道：「妳怎麼會開火車啊？」

「我看過一本《只要十分鐘，你也可以開火車》的工具書，應該行得通吧。」倪楚楚自信滿滿，關上車門，動力全開。

血貨列車就這麼走了。在倪楚楚的護送之下，這些乘客多半能倖免於難吧？

「可惡的女人。」烏拉拉苦笑：「就這樣把我丟下來跟另一個高手對戰，也不會不好意思，明明就是我打贏了呢。」

不過，也算了。倪楚楚沒有留下來幫夥伴助拳，還算是個好人。

紳士探頭，疲倦地打了個呵欠。

「紳士，看來是個高手呢，我們剛剛偷到的是什麼，說不定用得上喔。」烏拉拉頑皮地伸手，按摩著紳士的脖子，嘻嘻笑道：「長老護法團珍藏的命格，肯定都是好東西。」

與倪楚楚的交鋒一開始，倪楚楚用幻貓術裝置命格時，烏拉拉就假借著從背後攻擊，順勢摸走其中一個。但那只有一眨眼不到的瞬間，烏拉拉也不曉得自己到底摸到了什麼大獎。

摸著摸著，臆度著那陌生的命格是哪位……烏拉拉陡然睜大了眼。

「隱藏性角色」。

「紳士，是大獎喔。」烏拉拉嘖嘖慶幸。

此時，一輛小型軌道車衝抵K-10月台，疾停時與軌道擦出火花碎屑。

穿著些微破損的黑色西裝，手裡提著長棍，一位長髮男子輕躍下車。

——想必就是倪楚楚所說的夥伴，兵五常了。

「你就是有預言能力的獵命師嗎？」

「不是。」

兵五常腳步沒有一絲猶豫，筆直地踩過焦黑的屍體，朝烏拉拉走來。

棍，開始旋轉。

命格，「無雙」，開始發光。

「我們沒有多少時間可以耗著，後面還有好幾台列車的吸血鬼正追來。」兵五常的頭髮被血水纏了束，明顯經歷了連場惡鬥，全身散發出過熱的鬥氣，說道：「戰吧，兩個留一個，這是追捕者與被獵者的宿命。」

黑色的棍，在兵五常的手中吞吐如蛇，狂風如絞。

這個棍法家，總是急著展開戰鬥。

因爲他只會戰鬥。

「一直戰一直戰，你不累，我都累了，不過你的命格很棒，我看中啦！」

烏拉拉在廢話連篇的左躲右閃中，腳底下吹起了無數爆裂的碎片。

「好厲害的棍法！」烏拉拉讚道，彎曲著身子驚險躲過一棍。

那棍掃到烏拉拉身邊焦黑的石柱，立刻削出一條冒煙的破痕。

棍子藉力下彈，又將烏拉拉甫落地之處爆破，地板碎片同時將兩人擦傷。

又幾個眨眼，翻騰的黑棍籠罩了整個月台，簌簌颯颯的破風聲煞是豪邁。

「好強！我要偷走你的命格！」烏拉拉一劈掌，火刀凌空攻擊。

眼睛瞇成一線。

「癡心妄想！」兵五常板著臉孔，一棍掃散了火刀。

一道離火護身，烏拉拉算準兵五常黑棍疾掃的方向，斜斜倒立著身子，一腳往棍身上重重踢去，讓黑棍朝地上撞去。

「嘿！」只見烏拉拉一手就要摸到兵五常的胸口時，奇變陡生。

兵五常撞到地上的黑棍突然「垂直」地彎曲，快速朝上，頂擊烏拉拉的心口。

來不及使用斷金咒，烏拉拉趕緊用掌心護住心口用內力硬架這一棍，卻還是遭到強大的棍力衝擊，整個人煩噁地飛開。

落地，烏拉拉吐出一口鮮血，這才瞧清楚了兵五常棍的變化。

「十一節棍。」

兵五常一運勁，手中黑棍頓時喀喀喀喀地分解成十一節棍。

棍與棍中間拉開了鋼環，比起原本的黑棍還要多了一倍之長。

「蜈蚣棍法，十一天連雨——這就是你的死法。」兵五常的鬥氣更濃。

烏拉拉又吐了一口鮮血，搖搖昏沉沉的腦袋，起來。

「靠，你眞的超帥。」烏拉拉看著幾乎要裂開的手掌苦笑。

——獵到「無雙」後，一定要狠狠大吃一頓犒賞自己的手！

此時，轟隆隆的聲音逼近月台。

兩台裝滿牙丸武士的列車，從月台旁兩軌遠遠衝來。

「會是超級大亂鬥喔。」

烏拉拉提議：「反正遲早都要走的，不如我們搶上列車再打！」

列車停下。

兵五常瞪著烏拉拉。

「可以。」

笑魅人間

命格：集體格

存活：兩百年

徵兆：常見於女性，也許長相並不出色，但笑容卻很迷人，讓人有如沐春風的感覺。在辦公室裡，妳是個人見人愛的甜心寶，在螢光幕裡，妳是個讓人充滿元氣的國民向日葵。氧氣美女、口愛教教主、少男殺手，都是妳不小心收集的外號之一。

特質：八面玲瓏是妳天生的氣質，而非造作的人際手腕。妳充滿能量的燦爛笑容帶給妳無往不利的「人和」，當大家都被妳的笑容感染好心情時，就會忘了給妳打分數，妳自然也能隨時隨地快樂起來。

進化：傾城。

（徐詠淑，花蓮東華大學，快要沒辦法用學生票看電影的21歲）

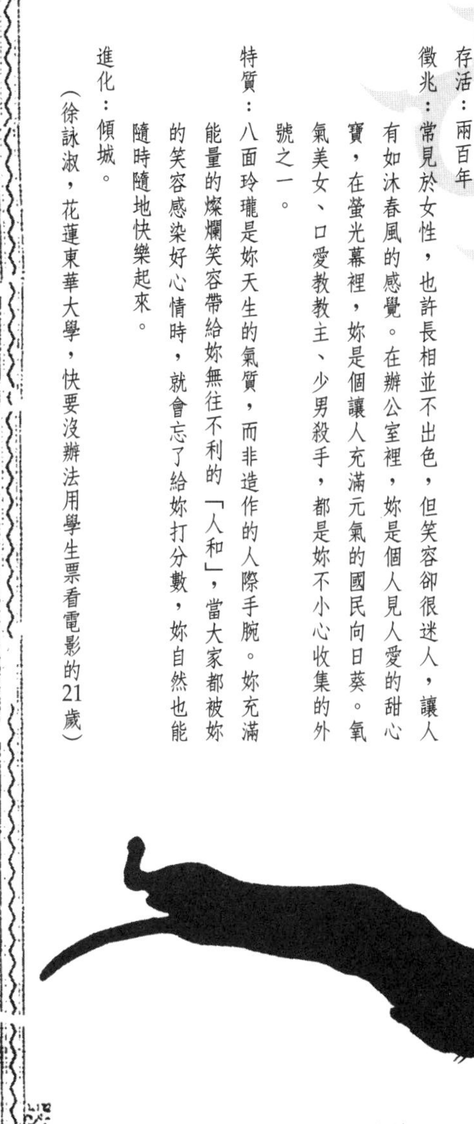

第260話

前兩天，橫濱成為世界運轉的核心。

美國與日本不明的軍事衝突，讓橫濱軍事港口外的大海成了火燒的地獄，國際媒體瘋狂地關注軍事衝突的後續發展，但美國與日本的高層紛紛拒絕透露事件調查的結果，只是簡單表示，雙方將竭力避免進一步的爭端。

美國總統剛剛在白宮結束十五分鐘、虛應故事的國際記者會，便朝辦公室快步前進。

「大家都到了嗎？」美國總統鬆開領帶，面色凝重。

「都在等您呢。」貼身秘書答道。

門打開，辦公室裡已有五位軍事將領、一位國際情勢分析師、Z組織執行長凱因斯，正在恭候美國總統主持會議。

「那麼便開始吧。」美國總統將西裝脫下，接過咖啡。

畫面開始。

透過軍事視訊會議系統，螢幕顯示至少有來自世界各國的三百多名政要、將領在線上，其中當然不乏各國的總統，甚至是微軟的現任總裁。每一個視訊螢幕的背後，都意味著一群幕僚正聚精會神地做筆記、提供及時的意見。

全世界最有權勢的拔尖人物都聚集在一起，因爲每一場戰爭，都牽涉到各式各樣的龐大利益如何轉移、轉移到誰的手上。在赤裸裸的會議上，大家都可以打開天窗說亮話。

尤其，這是一場一旦開啓、就回不了頭的毀滅戰——這個世界已經進化到，不管是人類，抑或是吸血鬼贏得這場戰爭，輸家就是最後還留在地面上的微弱生命。

美國總統坐下，螢幕的三百多張臉孔精神一振。

「大家都看過Z組織跟五角大廈整理的資料了吧，這次的危機可說是前所未有。」

美國總統的眼睛掃視了螢幕上幾個最熟悉的臉孔，問道：「有來自橫濱最新的消息嗎？」

「這是從衛星上拍攝到的畫面，就在第七艦隊第二分隊遭到毀滅後，日本約有五艘軍艦遭到了向量式電磁脈衝彈的攻擊。」在五角大廈坐鎮的FBI頭目說道：「其中一艘叫虎丸號的船被不明的力量侵入破壞，有傳言指出，當時牙丸千軍就在那艘船上。」

「牙丸千軍在那艘船上？那麼連絡得上他嗎？」台灣總統插話。

「完全連絡不上。」FBI頭目搖手。

「連絡不上？」安分尼上將皺眉。

「有傳言說，牙丸千軍已經遇害，但目前來自東京的資訊相當封閉，」FBI頭目看著螢幕上的各國政要，有意無意說道：「如果各位有與牙丸千軍聯繫的管道，不妨與我們分享。」

「這會是小日本的自導自演嗎？」我國總理一向對日本沒有好感。

「不排除，牙丸千軍那老頭可不是精通武術而已，他的腦子也是賊了好幾百年，現在端給我們看的不知道是哪一套劇本。」FBI頭目頓了頓，又說：「但我們最擔心的，還是日本內部的吸血鬼鷹派與鴿派發生了內鬥，若主和的牙丸千軍眞遭到了暗殺，那麼權力的槓桿將朝鷹派傾斜，那樣便是大糟糕。」

「如果是小日本鷹派下的手，他們九成九會栽贓到我們人類政府的頭上，爲橫濱事件復仇就成爲日本軍國主義復興的藉口。」中國總理冷笑：「就像七七事變，小日本想要侵略中國是圖謀已久，藉著尋找逃兵這種芝麻小事與中國刻意發生軍事衝突，繼而渲染成大規模的戰爭，這種手段我們可一點也不陌生。」

歷史充滿了虛僞的表面之詞，眞實的傷痕卻總是毫無保留，透露著每個強權崛起背後醜陋的那一面。

「這說到了重點。當下最重要的，還是先找出一連串衝突的原因。」德國總理嚴肅地說：「在戰爭之外，一定還有別的出路。」

此時，Z組織的代表，執行長凱因斯開口了。

「吸血鬼攻擊第七艦隊的原因已經很明顯了，我給各位的資料中，提到的第三種人類的基因圖譜就是其中的關鍵。」凱因斯的身上散發出一股無形的光，繼續說道：「第七艦隊的覆沒只是其中一個環節，不是起點，也不可能是終點，爲了自保，我們Z組織已經著手自我防衛的機制。」

那股光隨著視訊會議的畫面，傳遞到三百多個重要人物的瞳孔裡。

「第三種人類的計畫，到底完成到什麼程度？」台灣總統翻著手上列印出來的研究報告，說：「我怎麼看，都覺得這份研究計畫很像科幻小說。」

「沒錯，我們有權利知道第三種人類的進度。」法國總理附和。

「這原本是絕對機密。」凱因斯頓了頓，說：「但為了讓大家團結起來，我在這裡宣布，第三種人類的演化升級計畫，已經到了非常成熟的階段，也因為如此，才會引起吸血鬼的恐懼。」

「就算在技術上非常成熟好了，但這種……演化升級的東西，能當眞用在人民身上嗎？」德國總理非常狐疑，他完全無法想像這個計畫付諸實踐的模樣。

凱因斯微笑。

那是一種讓人無法不放心的微笑。

「我們Z組織已經在上個禮拜進駐太平洋上的某座無國籍的小島，開始建構第三種人類的新國家，除了武力上堅實的戒備外，在上百位社會學家、政治學家、經濟學家、法律學家的通力合作下，新國家很快就會籌備完成，進入第三種人類量產的階段。」凱因斯侃侃而談：「至於各位最關心的人道問題，請放心，所有願意升級成第三種人類的準過期人類，都是志願參加新國家計畫的，第一期的人數約為一萬人，新國家上了軌道之後，我們便會將新人類實際的生活與社會制度製作宣傳影帶，向有興趣升級成第三種人類的各國人民招手，屆時將大大擴充新國家的人口與經濟實力。」

「這……」德國總理想說「這眞是太荒謬了」，卻怎麼也開不了口。

避開小島的確實位置，凱因斯接著開始介紹建造第三種人類新國家的想法，跨國視訊會議上充滿了奇妙的氣氛。明明就是非常詭異的事情，但各國領袖無不傾注精神聆聽凱因斯的演講，尤其當凱因斯談到第三種人類的興起，將超越現有種族的藩籬、打破膚色刻板印象的超理念時，一種言之成理的美好氛圍就像得到充足陽光雨水的藤蔓，迅速穿越網路的光纖，將各國政要的靈魂輕纏在一塊，短暫地忘卻這次會議的目的。

無意間，既神祕又強大的Z組織，其雄厚實力的印象也深植在各國政要的心裡。而凱因斯，正是這場會議最大的收益者，他的氣質令各國政要都產生了好感。

「基因手術收費相當昂貴嗎？」錙銖必較的新加坡總理第一個開口。

「基因手術當然是無價的，每個人都有升級爲第三種人類的權益，這是解放的眞意。只是基因手術是相當複雜的技術，能夠執行的設備與人力有限，在這樣的技術尚未完全移轉給各國之前，升級爲第三種人類的資格順序必須暫時由Z組織規範。」凱因斯回答。

「那麼，你們Z組織要的是什麼呢？」中國總理不解。

「要這個世界更美好。」凱因斯的眼睛綻發出奇異的光芒。

「我不懂，實在是不懂。」俄國總理搖搖頭。

若非德國總理也在會議上，他肯定將「希特勒當初也是這麼說」這句話脫口。

「我們並非想藉著挑起戰爭牟利，和平、自由、解放，是Z組織追求的目標。解放不只是針對準過期人類，也包括了吸血鬼，事實上我們正在進行將吸血鬼改造成第三種人類的研究，如果能夠將吸血鬼恐怖的體質導正過來，我想他們也沒有反對的理由。」凱因斯不卑不亢地說：「但在那之前，只要吸血鬼膽敢干預我們對人類長遠未來所做的努力，我們將給予最嚴厲的打擊。」

足夠了。

就讓會議朝另一個方向進行下去吧。

算算時間，京都的盜棺行動也差不多要展開了吧。

凱因斯揉揉掌心，和緩超級命格釋放出的龐大能量。

命格的能量慢慢退潮……

第261話 ❼

會議持續進行。

「原來吸血鬼也在第三種人類的計畫裡啊，嘖嘖，的確，如果沒有食物鏈上的關係，和平就不再是緊綳關係下的暫時狀態。」阿拉伯國王點點頭。

「說到這個，美國與Z組織私下研製這麼有爭議性的基因武器，我們許多國家從頭到尾都被蒙在鼓裡，非常不夠意思。」英國首相瞪著螢幕。

「事關美國的國家利益。」美國總統嚴肅，且簡潔地回答。

「是，可全球股市陪著你一塊跌！」微軟董事長沒好氣地說。

「聯合國的意思呢？」中國總理推了推黑色膠框眼鏡。

「老樣子，我們是絕對不贊成開戰的，一旦你們兩國在東亞地區大動干戈，南北韓、台灣海峽的區域穩定也不用妄想了。」聯合國秘書長搖搖頭：「要你們這些領袖在這裡發誓你們不會藉機動武，一點實質的意義也沒有。」

「不是兩國，是兩大種族。」法國總理嚴肅地糾正。

「有沒有可能把立場做出切割，讓美國跟日本打他們的仗，不要牽涉到種族之爭。」俄國總理摸著突出的下巴，說：「我們隔岸觀虎鬥，誰打贏了都跟種族無關。」

「隔岸觀虎鬥嗎？」美國總統看著俄國總理：「然後貴國又想從中間得到什麼利益？」目光如炬。

「哼，說回你們美國，這次又想藉發動戰爭向我們借兵來的？你們動中東油田的主意也就罷了，這次去挑釁吸血鬼大國，別指望我們無條件替你擦屁股，那個Z組織的第三種人類計畫，我們俄國也要加一份。」俄國總理冷笑。他的冷笑一向強而有力，因爲他擁有的核子武器庫存還是世界的前三強。

「眞的打起來，到時候大海變成了戰場，我們的船要怎麼在東亞做生意？就連飛機的航線也會大亂，什麼都不安全。」南韓總統皺著眉頭，說：「再說，要是有一顆飛彈不小心越過界打到我們的城市，我們大韓民族不被迫捲進戰爭才怪。」

「放心，我們大韓民族同聲共氣，屆時我們北韓一定爲你們討回公道。」北韓的獨裁者忿忿不平，好像戰爭已經波及到了南韓似的。

「黃鼠狼的幫忙就免了。」南韓總統回敬：「不管你們想藉什麼因頭跨過北緯三十八度，我們都不歡迎。」

「剛剛粗略地估計了一下，這場戰爭不比在中東打仗，兩個全世界最大的經濟體只要結結實實打一天，全球就會損失超過一兆美元。」美國總統身後的國際情勢分析師打斷南北韓的爭執：「今年跟明年的經濟成長率將會達到二十年來首次的負成長，約百分之七跟百分之十一。」

「各個國家境內都有爲數龐大的吸血鬼活動，他們的不死之身爲他們的組織累積巨大的財富，估計全球前五百大企業體就有三百多家有吸血鬼資金的影子，想對抗他們，就一定會傷害到自己。」英國的經濟分析家說。

「這也是沒辦法的事。」WTO理事長無奈地說：「各位手上有股票的，趁早認賠了結吧。」

彷彿，可以聽見三百多位政要同時嘆了一口氣。

經濟衰退是戰爭最大的副作用，就是戰火未及之處也別想倖免於難。

「跌跌跌跌跌，上禮拜的國際股市已經掉了七千億美金，別開玩笑了。」微軟的董事長不滿：「這樣跌下去，我看沒有多少企業可以撐得下去。如果速戰速決還可以接受，這樣乾耗下去，光是油價就把人民對生活的想像給掏空了。」

速戰速決？

是啊，人類已發明了在一天之內將世界上每一寸土地都燒成焦土的武器。

「該不會有人忘記，我們發明了原子彈這種東西吧？」德國總理冷眼道：「只要有人考慮使用原子彈，我們之間就沒有人可以坐視這場戰爭。」

「原子彈也在美國的考慮範圍之內吧。」聯合國秘書長嘆了口氣。

「沒錯。」美國總統斬釘截鐵地回答，作風強硬。

這也在大家的意料之中。

但有個問題帶來的恐懼，巨大更甚原子彈。

——眞相。

「現在媒體這麼發達，平日的箝制已經相當不容易，一旦兩大種族的戰爭開打，我們恐怕沒有辦法控制人民知道這個世界的眞相，難道要把網路全面封鎖嗎？到時候訊息爆炸引起人民的恐慌，這個世界又會變成什麼樣子呢？」聯合國秘書長憂心忡忡。

是的，以往人類與吸血鬼之間的戰爭託了資訊傳遞不易之福，平民百姓只需要知道「對抗邪惡軸心國」、「打倒法西斯主義」、「冷戰」、「反對種族屠殺」，不需要明白許多戰爭的背後都是人類與吸血鬼之間的角力。

但現在，網際網路能夠將敵人的面貌帶到每個人民的面前，政府不再有隻手遮天的能力。一旦人民洞悉政府想要管控資訊的意圖，來自民間的反抗將動搖政府的統治基礎。

仗，也不必打了。

「一旦戰爭爆發，吸血鬼將不計一切代價將我們變成他們，人民最怕的也是這點，而且人民無法透過報紙去劃分敵人的位置，吸血鬼無處不在。」FBI頭目說：「到時候，宣布戒嚴是勢在必行的政治措施。」

「逃避不是辦法，我們的參議院已經著手研究『公民疫苗法』了。」美國總統說。

這是最令人吃驚的消息。

「這樣……這樣可以嗎！」台灣總統的眼睛，簡直快貼到螢幕上了。

「如果戰爭無法得到人民的支持，就必須倚靠我們這些核心人物的團結，靠著國家與國家之間的聯盟，製造出此戰必勝的氣勢。」美國總統畢竟是世界警察的老大哥，在說這幾句話的時候完全看不到一絲遲疑：「最壞的情況就在眼前，我想請大家有選邊站的心理準備。」

大家一片沉默。

「好，我們來投票。」聯合國秘書長拿下老花眼鏡。

三百多片螢幕前，一陣深呼吸的窸窣聲。

「贊成發動戰爭請舉手。」聯合國秘書長暗暗祈禱著。

美國總統舉起手。

十秒後，會議換了個主題，又往下持續進行了三個多小時。

邪惡的世界，再也不是一個概念。

而是一個實際發生的悲劇。

❼富姦，我都寫到261回了，你的261呢？

隱藏性角色

命格：集體格＋修煉格

存活：四百年

徵兆：沒有徵兆，打從你出生的那一天起，你媽就忘記生過你這回事。從前有個忍術高強的忍者強行修煉此命格，殺敵將取敵首有如入無人之境，但最後因為夥伴長期忽視他，最後鬱悶而死。

特質：沒有特質，沒有人注意到你的存在，你就像空氣，就像一陣風裡的一小團風，走在路上被車撞到司機還會渾然不覺地繼續前進，在電梯裡放屁也不會有人把眼睛移到你臉上質疑，在樹林裡亂走踩到蛇蛇也只是嚇了一跳。偶爾發呆，還會一不留神忘記自己的名字。

進化：煙消雲散（從無人考據此項命格的特質）。

第262話

第四次了。

佐佐木小次郎長刀依舊沒有脫手，只是這次終於無法斬個結實。

空氣被切成天地兩半，長刀末端凝舞著陳木生的血，不愧是完美無瑕的燕返。

但佐佐木小次郎的額頭間，卻裂開了一道紅色的縫。

紅色的縫，滾滾而出更多的紅。

碰。

「哪有每次都是你贏的道理！」陳木生摔倒在地上，腳脛劇痛不已。

幾乎，自己的雙腳就要被完全斬斷了，只剩下一點點的皮肉相連。

若不是陳木生用了三次的瀕死代價，換來「看過三次燕返」的經驗，突然在佐佐木小次郎使出燕返之際拔足躍起，是無論如何也躲不過這雷霆一刀的。

想擊敗比自己強的對手，代價真的很大很大，但離開了虛擬的戰鬥結界，自己還願意用這樣的捨身技換取勝利嗎？逃走，留得青山在不怕沒柴燒，是不是更合乎實際呢？

陳木生強忍著劇痛，翻身喘息，腦子裡混亂得很。

不由自主，佐佐木小次郎仰起頭，看著有些暈眩的天空。

劈開我的頭的，是什麼東西？我怎麼什麼也沒瞧見？

不管怎麼說，燕返沒敗，但我還是敗了。

也許這個人說的對，我真的只是個傀儡。

但身為沒有過去、沒有未來的傀儡，能夠這樣豪戰而死，真是太夠意思了。

濃霧來了，煙霧了佐佐木小次郎，也煙霧了陳木生慘烈的傷勢。

陳木生趴在地上。在這段與佐佐木小次郎遭遇的期間，陳木生還遇到了三十幾個算起來還好解決的對手。大多數的武者在第一次會面時就被陳木生的「兵形」打敗，拖到第二次會面才分出勝負的人裡，也有好幾個是陳木生在第一次會面的時限內勝過、卻來不及解決掉的高手。

只有五個絕世高手，是陳木生怎麼拚也拚不掉的怪物。

要殺死那樣的怪物，唯有一次又一次「見識他們的絕招」，然後一次又一次地「努力活過時限」，否則下場難料。剛剛解決掉佐佐木小次郎，最近常出現的五大絕世高手還剩下四個。若再加上尚未登場的怪物，不知是否多如繁星。

「被關在這種鬼地方，就好像被強迫上歷史課一樣，傳說中的武學天才都想殺掉我……幸好這幾次出現的高手裡，素質高的越來越少。」陳木生的額頭頂著虛無的大地，心跳聲還是很劇烈：「不然壓力真的很大，大到我都快爆炸了……」

呆頭呆腦的陳木生還沒意識到，這是他又變強了的徵兆。

五十一種敗亡的「兵形」寄宿在陳木生的身體裡，隨著陳木生的隨機應變與反覆使用，兵形的能量越來越旺盛，兵形示現不再只是區區一瞬，逼近了兩秒。

「好怪，這次濃霧來得太晚了吧？」陳木生不累不睏的身體坐了起來。

不用真正計算時間，陳木生早已習慣這結界的身體非常清楚，早就該來的濃霧遲遲不到，違反了過去的規律。

「不對勁。」陳木生搔了搔頭，站起，四處走動起來。

保持著高度的警戒，陳木生在無邊無際的結界空間晃蕩著，心中不免想：「難道是結界被我全破了嗎？是啊，就跟遊戲一樣，總有被破解的時候……我沒有殺了所有的高手，所以一定是我無意間累積的勝場已經及格了，所以就破了？要不，就是J老頭良心發現，決定把我放出去啦？」

越想越樂，陳木生不由自主健步如飛起來，尋找哪裡有路可以出去。

然而要命的濃霧，卻從陳木生的腳底慢慢蒸起，好像地心正在沸騰似的。陳木生訝異，定神一看，只見一望無際的大地都在冒煙，好像有某個史前的怪物正窩在地底下，進行龐大的呼吸似的。

煙霧越來越盛，頃刻就讓陳木生猶如置身於蒸籠之中。

「我就知道我不是那麼好運的人。」陳木生嘆了口氣。

不知道敵人會從哪個方向衝過來，陳木生當下不再動作，屏氣凝神。

雙腿微開，左拳前，右掌後，眼睛微閉，感受著隱藏在濃霧裡的威脅。

唧。

一滴汗，從陳木生的太陽穴上滲出。

第263話

「是刀。」陳木生的鼻子抽動。

——還是熟悉的刀氣。

「不對，是九節棍？」陳木生皺眉，此時連拳頭縫都滲出了汗。

沒錯，正是九節棍的氣。那九節棍甚至還是自己身上的兵形，正主兒兵長征也在結界裡被自己「殺過了」的，絕對錯不了。

「錯，錯，錯，是王五的大刀，加上兵長征的九節棍！」

大量的汗漿，溼透了陳木生的掌心。

「乖乖，還有尤麗的三叉戟！」陳木生倒抽一口涼氣：「總共有三個人？這是什麼道理？我……我有這麼強嗎！」握緊的拳頭，幾乎要軟了。

果然，陳木生的感應都答對了。

濃霧裡，漸漸走出三個曾經對陣的武學高手。

大刀王五，九節棍兵長征，三叉戟尤麗。

三敵全都踩踏著殺氣，朝自己慢慢走來。

「等一下！」陳木生大叫，臉紅脖子粗。

三敵同時停步，但殺氣卻絲毫沒有減少半分。

「你們是要來殺我的吧！」陳木生緊張至極，全身的肌肉都緊繃了起來。

王五、兵長征、尤麗彼此看了一眼，不約而同點了點頭。

「你們三個都是武學大師！怎麼能以多欺少！難道你們半點羞恥心都沒有麼！」陳木生左拳輕揮，雙腳卻無意識地後退了兩步。

莫名其妙的是，就在陳木生後退的時候，心臟宛若被重重擊了一下。

從自己的靈魂深處，狠狠地朝心臟揍了一記猛拳！

「不想後退嗎？」陳木生苦笑，掌心傳來一股驕傲的反作用力。

那鼓力量嘶咬著、刺激著陳木生的鬥志……也許就跟J老頭說的一樣，某個奇怪的命運之力棲息在自己體內，看樣子，那東西是不肯屈服的了。

以一打三，這是絕對沒有勝算的局面。

J老頭，一定是瘋了。這死亡遊戲，已到了盡頭。

「好吧，要死，也得死在往前的路，而不是後退。」陳木生閉上眼睛，然後又睜開。心中十分坦然。

此刻，陳木生身上億萬毛細孔打開，朝四面八方爆發出奔騰的無形氣勢。

這一轉變，震得三敵收起了腳步，好像有一堵牆……不，一座小山攔在前面，一時之間竟無法繼續前進。

「喔?是命格的力量?」兵長征的瞳孔縮小，嘴角淺笑。

「……『千軍萬馬』?」尤麗開口，手中三叉戟遙遙指著陳木生。

「『千軍萬馬』，那便『千軍萬馬』吧!」不知是陳木生天生的個性使然，還是命格催動的關係。陳木生抱定了死的覺悟，也就沒有了恐懼。

沒有了恐懼，「千軍萬馬」的力量在強敵面前完全開啓。

「好漢子!接我一刀!」王五第一個衝上，刮風似一刀砍下。

「你的刀，我也有!」陳木生怒髮衝冠，手握無形，一砍!

兩人一天一地，有形的刀，無形的刀，交擊出冷脆的火花。

「這……眞是我的刀！」王五驚呼，手臂被陳木生強大的內力震得痠麻。

王五不解爲何明明就要砍到了陳木生的腦袋，卻被一股強烈的刀氣硬生生架開，那股無形的刀氣，還眞是自己手中的大刀！

「武林盛傳，武學高手若練到了化境，便能以氣運器，草木皆可爲劍；又云，化境之上又有神仙，以氣爲器，天地爲招……難道這小子年紀輕輕，便到了那樣的神仙境界？」王五一凜，起刀再上，卻被陳木生的鈦劍兵形給逼退。

王五的身上，頓時多了三道劍痕。

「一起上！」尤麗冷眼。

「圍住他！」兵長征右肩略沉。

尤麗身形如箭，在兵長征九節棍的掩護下衝近陳木生。

「圍個屁！看我的斧！」陳木生暴吼，右手往前狂斬。

雖不可見，但殺氣凌身，三個武學高手同時被無可匹敵的「斧風」給撞開，暗暗心驚不已，不知陳木生的身上負著什麼古怪功夫。

連命都不要了的陳木生豈可放過，瞄準迅速後退的尤麗，左掌凝抓兵形就是一甩，九節棍兵形後發先至，重重掃到了尤麗的腰。

尤麗吃痛，重重跌在地上。

「什麼怪招！看我的九龍九閃！」兵長征高高躍起，手中九節棍如蛟龍暴射而下，每一節棍都夾帶著不同的力量，猶如九個高手同時使出九個招式，攻勢也有九道分勁。

「早看過了！雕蟲小技！」陳木生右手橫抓，銅盾兵形擋住了來襲的九節棍。

銅盾兵形發出連續九串暴響，每一聲暴響的厚薄、大小、層次都不同，防過一道又是一道，排山倒海而來。這是兵長征習自天山派的蜈蚣棍法，若沒見識過這招的武者絕對會著了道兒，若是留上了神卻沒有精純的內力相抗，照樣會被炸得粉身碎骨。

「好傢伙！」兵長征一讚，抽棍落下。

此時，王五以地躺姿勢迂迴欺至陳木生的背後，單刀直取陳木生的雙腿。

而尤麗也重新再起，從左側快速包抄，雙戟如釘，釘釘成雨。

兩人兩勢，均用上了全部的功力，局勢凶險無比。

「好！看誰先倒下！」陳木生豪氣萬千，戰意前所未有地沸騰。

爆發！

「劍！」左手黑鈦劍招架尤麗的三叉戟。

「鞭！」右手響尾鞭抽打著王五的來路。

「盤！」左腳一滑，斬魔盤噴向來襲的九節棍。

以一打三，陳木生一邊大吼，一邊將兵形功夫運化到極致，在每一個危急的當口用最恰當的兵器勉強擋住，千變萬化，眼花撩亂。短短半分鐘內四人招架了上百招，在「千軍萬馬」的豪風中血屑紛飛。

接下來的半分鐘，渾身燥熱的陳木生又竄升到另一境界。

太極拳經講究引進落空，柔弱勝剛強，四兩撥千金。但真正的剛強能讓所有平淡無奇的招式變成恐怖的獸擊，至拙勝至巧，大強破大繁。

就在陳木生身上多了好幾道傷口時，陳木生開始用不恰當的兵器，做出不恰當的攻擊防守，招招以強於三人的內力為基礎激發兵形，大開暴力之門。佔了圍攻優勢的三敵被陳木生不完美的怪異防守給震懾，反而有種被逼退的感覺，加上肉眼無法看見陳木生的招式，三敵若再不拿出壓箱絕技，就等著一敗塗地吧。

「大風咒！迴風響尾！」平地風起，尤麗還是那般順著以陳木生為中心、龍捲風般的風勢，雙腳離地五吋，快速戟刺攻擊。

「大刀訣，妻離子散，家破人亡！」王五刀走窮絕，奮力壓制陳木生的步法。

「蜈蚣棍法，九天連雨！」兵長征忽近忽遠，九節棍如破雲閃電，如落石。

三敵皆是武林高手，自然在陳木生的鐵布衫上刻出許多破洞。然而陳木生只要傷口流血，幾乎立刻結痂，因爲他的鐵布衫功夫與鐵砂掌精純的熱力，讓他的身體就像一塊燙鐵。

「念口訣就一定贏啊！那看我的狂風暴雨劍！天打雷劈刀！少林七十二路空明拳！黯然銷魂食神掌！狗鞭虎鞭大象鞭！來啊！來啊！」陳木生打得興發，心無罣礙，五十一種兵形淋漓盡致展演出來，奇光流轉。

從古至今，武學歷史五千年，從未有這樣的武功。

甚至，連這樣的想像都未曾出現過。

詭譎莫測的兵形。

超級耐打的兵器人。

「來啊！不是想殺死我嗎！」陳木生在三敵的夾擊下力杵不倒，打了個五比五的平手局面。而這個平手局面，隨時可能因爲三敵的心怯而放倒。

「他撐不了多久！」兵長征冷冷拋下一句：「他的傷，可是我們的三倍。」

撐？

此刻的陳木生，突然想起了「時限」這兩個字。

對了，也不是非贏不可？

還可以拖過時限啊？不知自己與濃霧再臨的安全時期還有多久？

高手過招，豈容分心？陳木生正狂使青龍偃月刀的防禦出現了空隙，被眼尖的尤麗逮到，三叉戟刺進了他的右肩，運勁一轉，幾乎絞碎了陳木生的肩骨。

「混帳！」陳木生眼淚飆出，一拳重重揍在尤麗的胸口。

還來不及拔出插在陳木生右肩上的戟，尤麗便夾勁摔出。王五見機不可失，一刀砍在陳木生的右手脅下，破了他的鐵布衫，徹底廢了陳木生的右手。

失去了一隻手，兵形就失去了一半的變化。

戰局底定。

「送了他的命！」兵長征的九節棍在地上疾行，就像一條蟒蛇。

「好！」尤麗吐出一口熱血，倒握僅剩的三叉戟，踏風疾行。

「敬你一條好漢，一刀就結果了你！」王五暴喝，提刀又砍。

陳木生苦笑，左手無奈地抓起巨斧兵形。

濃霧未至，只有閉目待死的份。

唐郎師父啊，結果我還是先死了呢。

你一定猜想不到我練成了什麼武功吧？

真想，用兵形狠狠打敗你一百次咧……

腳底輕輕震了一下。

一道砲彈似的烈火，突然撞開了離陳木生最近的王五，在陳木生的腳跟前擦出十幾條地獄裂口似的破縫，阻擋了尤麗與兵長征的咄咄逼近。

破縫，爆發出岩漿似的熔火。

「怎麼回事！」兵長征狂捲九節棍，朝熔火刨打。

那火大漲成牆，被九節棍的威力硬是掃破。但破碎的火焰瞬間匯聚，重重炸碎了九節棍的來勢，一道強光強襲至兵長征的面前。

爆開。

兵長征倒下，焚成火人。

「……」陳木生呆呆看著這一切。

那火，就像暴風。

火暴風。

「尤麗，居然在這裡又遇見了妳。」

一個人影，站在地獄的裂口上，絲毫不畏懼那火的燃燒。

不，那火根本就是從他的身上噴發出來。

尤麗警戒，吹熄三叉戟上的燎火。

「妳會成爲，我第一個，殺死兩次的人。」

禍舌

命格：情緒格

存活：兩百年

徵兆：宿主不經意的言語就具有煽動性的力量。傳說中，義大利國家足球隊裡的「人間凶器」馬特拉吉先生，就是此命格的最佳代言人，在關鍵的世界盃冠軍賽中馬特拉吉使用了此命格不斷講大便話，在最後一分鐘引來了法國球星席丹猛烈的頭槌攻擊，誘使席丹難堪下場，此事在獵命師界裡引為年度笑談。

特質：非常可怕的挑釁攻擊，迅速點燃周遭人等心中的憤怒、羞恥、悲傷等負面情緒，導致其行為脫序、幼稚化。無法保證加諸者的憤怒是否會波及自己，是最大的缺點。

進化：嘴巴裡裝大便。

第264話

站在京都的街頭，淋了滿身的傾盆大雨。

兵五常氣炸了。

回想剛剛的戰鬥，哪裡有個戰鬥的樣子？

兵五常從廟歲那邊知道了烏拉拉盜命的奇快速度，所以從一開始，烏拉拉言明想盜走自己身上的「無雙」命格後，就不容許烏拉拉接近自己身體的三尺之內。在滿車牙丸武士的圍攻下，兵五常的蜈蚣棍法拚命壓制烏拉拉接近自己的距離，想殺死烏拉拉於三尺之外。

在兵五常嚴密的十一節棍防守之下，烏拉拉的確沒有盜走自己身上的「無雙」命格。但滿是牙丸武士屍體的列車衝抵人類正常的月台後，烏拉拉就換上了從倪楚楚身上盜來的「隱藏性角色」，腳底抹油逃跑去。

知道「隱藏性角色」的厲害，兵五常竭力保持腦袋清醒，在大雨中一路咬著烏拉拉不放，但烏拉拉動作飛快，一路跑到祇園後就徹底蒸發在大雨裡。

雨聲隆隆，不撐傘的兵五常面如怒神，手裡拖著十一節棍，行人紛紛走避。

「混帳！明明就這麼近了！」經過了一整夜翻攪吸血鬼巢穴的惡鬥，卻仍是無功而返，兵五常怒極，一棍砸在路邊的飲料販賣機。

販賣機火光爆射，頓時咚咚咚咚掉下了很多飲料。

兵五常竭力克制自己的殺意，想冷靜地尋找烏拉拉的蹤跡，卻怎麼也壓制不下自己想大開殺戒的衝動。

不知不覺，兵五常走進了曲曲折折的黑巷，身子，是越來越熱。

祇園乃京都藝妓的出沒場所，雅緻的茶屋安安靜靜綿延了好幾條街，若不是特意來觀賞藝妓與舞妓的表演，平時甚少有人走動。入夜的祇園原本就極清幽，鵝黃色的燈籠掛在牆上，被風雨吹打得搖搖晃晃，更添妖異氣息。

「出來！出來！我知道你就在附近！出來！」兵五常甩著十一節棍，強勁的棍風潑打著四周的雨勢，忿忿吼道：「不是想要『無雙』嗎！來拿啊！」

雨水被掃向四面八方，好像一波又一波的雷達探測。

只要被這些雨波給掃到，不管是誰，毛細孔瞬間緊繃的感覺將會傳到兵五常的手裡，屆時，兵五常就可以捕捉到任何在附近窺伺的人的動態。

烏拉拉其實就躲在兵五常視線未及之處，他從未放棄獵捕「無雙」命格的想法。

紳士身上儲存的命格有：「天醫無縫」、「居爾一拳」、「食不知胃」、「請君入甕」、「自以為勢」、「吉星」。而烏拉拉的身上，正鎖著甫從倪楚楚那兒搶過來的「隱藏性角色」。

——還有兩個空位，按照烏拉拉的戰鬥慣性，還可以再獵捕一個命格進來。

憑他在黑龍江鍛鍊出來、連老鷹都可以跟蹤的好眼力，兵五常要發現遠在八百公尺之外的烏拉拉，簡直就是不可能的事。烏拉拉大可以等待兵五常完全鬆懈的時候，在「隱藏性角色」的掩護之下接近兵五常，然後盜走兵五常身上的「無雙」。

這就是烏拉拉的劇本。

烏拉拉蹲伏在小廟的屋簷上，大雨拍打在烏拉拉的身上。

「兵五常啊兵五常，你不要再發瘋了，快點鎮定下來，哎呦。」烏拉拉頑皮地笑著，摸著瘀青的肋骨，創口還隱隱作痛。

兵五常不愧是長老護法團裡純武鬥系的專家，不倚賴咒術，一條十一節棍狂使蜈蚣棍法就打得烏拉拉哇哇大叫。若不是自己不想用命相拚，烏拉拉眞想跟這樣的男人好好打上一頓。

雨水從烏拉拉的髮際滑下，侵入他的眼睛。但烏拉拉的眼睛眨都不眨，目光裡只有兵五常在黑巷裡不斷潑掃雨水的瘋態，等待著。

等待著。

等待著。

「……」烏拉拉的眼睛，微微震動了一下。

就在兵五常的眼界之外，有一道強硬的身影直直地朝兵五常走去。

那身影所及之處，雨逆流，風倒噴。

猶如一把刀。

兵五常還不知道強敵逼近，兀自用自己的方法尋找著烏拉拉。

帶著刺探殺氣的水波，一陣又一陣。

「兵五常，你乖乖遇到了大麻煩。」烏拉拉吐出一口寒氣。

那強硬的身影頓了頓，突然朝自己這方向看了過來。

不是吧，自己的身上，可還掛著「隱藏性角色」呢！

……這是什麼怪物啊？

烏拉拉下意識屏住氣息，直到那道強硬的身影繼續他的步伐。

「他的身上也有很強的命格氣息，但到底是什麼呢？」烏拉拉吸吮著手指上的傷口，遲疑：「距離太遠了，連我也感應不出來。」

那道強硬的身影越來越清晰。當兵五常破起的水波掃到那身影之前，水波就像撞到一把尖刀，被輕輕從中切開，就像透明的洋蔥片一樣。

！

兵五常也不再狂亂地舞動十一節棍。

終於，兵五常也發現了。

在雨的另一頭，有一把刀遙遙指著自己的心口，好像要把自己切成兩半似的霸氣

——兵五常之所以會這麼焦躁，極可能是受到那把刀的影響。

雨澆在那把刀的臉上。在雨中停止了腳步，認眞地觀察著兵五常。

一股名爲第六感的電流從手指縫裡鑽進，搔刮著兵五常的頭皮。

那人正要抬起腳步。

「你是誰？」兵五常一棍重重擊在那人的腳跟前，示意他不要再前進了。

「宮本武藏。」那人毫不在意地說，輕輕踏下往前的一步。

是的，唯有宮本武藏，才能散發出如此驚人的刀氣。

唯有宮本武藏，才能如此滿不在乎地踏進兵五常的攻擊範圍。

眞是個糟糕至極的答案。

「宮本武藏?!」兵五常大喝：「你在胡說什麼！」

宮本武藏看著兵五常拖在地上的十一節棍，見獵心喜。

「十一節棍，有趣。」

宮本武藏雙刀在握，一天一地：「跟奇怪的兵器對打，最有新鮮感了。」

打從宮本武藏大暴走之後，不僅殺死了許多牙丸武士，更噬血地尋找當初給他難堪的風宇，連吸血鬼本身都無法阻止宮本武藏我行我素的行動。

靠著無法擺脫的恨意，宮本武藏沿途磨練自己的二天一流刀法，幾乎找回了進入樂眠七棺前的程度。從前無敵於天下的宮本武藏，此行來到京都，原本是想尋找其餘的樂眠七棺，一刀斬開棺木，然後將裡頭熟睡的歷代強者給揪出來決鬥。

而剛剛，一心尋找的樂眠七棺竟發生了異變，無功而返的宮本武藏原本鬱鬱不樂，卻在「逢龍遇虎」的驅使下，遇見了當今棍法第一的兵五常。

眞是大凶的巧遇。

雨一直下。

「……吸血鬼？」兵五常皺眉，發現了這個事實。

宮本武藏最在意，也最憎惡的事實。

「……」宮本武藏按下腰間的ipod，將最大聲的嘻哈樂灌入耳中。

他的身上的刀氣，像蓮花般盛開。

既華麗，又危險。

「不妙！兵五常會被殺死！」烏拉拉睜大眼睛。正想衝去救兵五常，卻發覺自己的兩腿一點感覺也沒有，像是所有的神經都痲痹似的。

——他的身體，本能地抗拒這個比哥哥還強的男人。

「快動啊!你是怎麼搞的!」烏拉拉急得用力拍著雙腿，用力拍著。

但就是，一點反應也沒有。

「我要找的人不是你，但只要是吸血鬼擋在我前面，我會毫不猶豫殺死他。」兵五常凝煉鬥氣，雙手各抓著十一節棍的兩端。

已激化了一整夜的「無雙」能量，在此時達到了巔峰。

「眞是讓人不悅的台詞，獵命師。」

宮本武藏一刀揮出。

第265話

大雨一直下。
祇園裡的黑巷，淹沒武者的泥沼。

兩把刀，一長一短。
一條棍，計十一節。

武者，有兩人。
鬥氣，無盡。

「蜈蚣棍法！十一龍十一閃！」兵五常一出手，就是最厲害的殺著。
好厲害的勁道，來勢猶如層層交疊的巨浪，一疊勝似一疊。

宮本武藏不敢小覷，也回敬自己的得意大技。

「二天——龍捲風！」

兩道漲滿刀氣的龍捲風吹向十一節棍帶起的十一道攻勢，兩股巨力在雨水中轟然撞擊，暴響連十一聲，刀氣潰散，棍勢也同時消於無形。

「好傢伙！」宮本武藏像一頭猛獅，大步衝進，左刀前，右刀後。

「……」兵五常感覺到整條手臂都在脫力顫抖。

刀與棍，棍與刀，綿綿密密。

大雨不斷被切開、潑開、掃開、割開、盪開，所有形而上的「內力」、「氣勁」等語彙，在有形的雨水陪襯下變成非常具體的事物，一般人只要在旁邊被這些碎開的雨水給打中，非倒地咳血不可。

兩百招過去了，表面上是勢均力敵，但兵五常卻感覺到宮本武藏的刀勢之間似有留手，不斷出現誘敵的空隙，然而竭力與抗的兵五常卻心有餘而力未逮，無法直搗刀勢中的破綻。

宮本武藏的眉心，露出輕蔑的笑。他在試探著兵五常的本領。

可惡，若無法將距離拉開，十一節棍的優勢就無法充分開展。

兵五常藉著刀勢回彈，高高躍起，運起全身內力。

「蜈蚣棍法！十一天連雨！」

棍勢當眞如雨，從天而降。

可惜，宮本武藏已經跳脫了武士刀只能近身作戰的藩籬。

「伏龍急蟠——守！」宮本武藏左手短刀築起一道無形的氣牆，將綿綿不絕的棍勢全都擋下，右手長刀往半空一刺，銀光疾射如鷹：「龍牙——刺！」

兵五常瞳孔放大，胸口一涼。

——刀氣，竟然可以飛斬到這麼遠！

□

有人說，宮本武藏之所以被稱作「劍聖」，其實是一種命運的僥倖。

如何說起？其人說，宮本武藏生平未逢敵手，乃因許多鼎鼎大名的劍豪，如上泉信綱、柳生宗嚴、富田勢源、東鄉重位等等，在宮本武藏橫行的時候，這些劍豪不是早就過世，就是已入遲暮之年，無法放在同一把秤做比較。

也有人更挑明著說，宮本武藏拿刀的一生，幾乎未曾尋找一流的高手比試，所以「無敵」二字還得加上註解——柿子挑軟的吃。

但，如果這些劍豪看見宮本武藏此時的刀法，他們會慶幸彼此輝煌的時代並不相同。

□

接下來的打鬥，完全沒有可觀之處。

豁盡僅剩的力氣，使出第五次，也是最後一次的十一龍十一閃後，兵五常的身上，已經找不到一寸完整的骨肉。

若非有驕傲的「無雙」支撐，兵五常早就昏了過去。

「這已是你的全部了？」宮本武藏已經看膩了兵五常的棍法。

不再用刀相逼，宮本武藏緩緩凝聚飄散在空中的殺念。

「……」兵五常何等驕傲，受不了這樣的奚落，卻又沒有力氣反駁。

他絕對不要死在敵人處決似的斬首，他要用戰鬥的姿勢死去。

於是，兵五常的十一節棍快速拼回了原先的黑棍，撐起了他殘破的身軀。

擺出，戰鬥的棍姿。

「失敬了。」宮本武藏點點頭，了解了兵五常的意念。

身爲武者的巔峰，宮本武藏決定用最華麗的刀法爲這位素不相識的敵人送葬。

「還沒請教你的名字。」宮本武藏凝視兵五常的雙瞳。

「敗者之名，何足掛齒。」兵五常的視線模糊。

「好。」雙刀回鞘。

宮本武藏蓮花般的刀氣緩緩闔起，隱藏在身體裡的最深處。

聚精會神。

接下來的一刀，就是兵五常殞命之時。

宮本武藏吐出一口氣，殺念正動時，突然自己的肩膀被輕輕拍了一下。

「誰！」

恐怕宮本武藏這一生都沒有這樣恐怖的經驗，猛然回頭，只見一個渾身血污的少年雙手插進口袋，再從自己的背後走向重傷的兵五常。

那少年像空氣一樣，怎麼自己完全沒有發覺？就算到了眼前，那少年也好像根本不存在似的人物。宮本武藏差點忘記呼吸。

一隻黑貓跟在少年身後，輕輕一躍跳到少年的肩頭，少年拍拍貓的背脊，一瞬間，那少年好像重新活了過來——不，應該說，是形象整個清晰了起來。

「兵五常，你寧願犧牲生命，也不惜要把我殺死嗎？」那少年問。

少年的雙腳大腿，流著血……那少年自然是烏拉拉了。

「沒錯。」兵五常迴光返照似地，瞪著已無力殺死的烏拉拉。

「既然不怕死，爲什麼不死在更有意義的地方？」

「……」沒有回答。

烏拉拉莞爾，拍拍兵五常快要塌下的肩膀，說：「還有力氣封印血咒吧？找間店好好大吃一頓，睡醒了又是好漢一條，你知道怎麼做的。」

一瞬間，兵五常身上的血咒破碎，經營已久的「無雙」溜進了烏拉拉的體內，而烏拉拉從紳士身上轉換提領的「天醫無縫」卻送給了兵五常。

「爲什麼……這麼做？」兵五常非常憤怒。

「是啊，爲什麼……他媽的，我後悔了。」烏拉拉的大腿上，還是刺痛得厲害：「總之，跑吧兵五常，有了活命的機會爲什麼要死？這種場面就交給我了。」

兵五常，憤怒到全身發抖。

宮本武藏無言地看著這一切發生，尙無法釋懷自己剛剛怎麼會沒有發現那少年走到自己身後，還輕輕拍了自己的肩膀一下？如果少年不是拍肩，而是朝自己的頸子劃下一刀，自己眞能躲過？

烏拉拉轉身，看著不發一語的宮本武藏。

「『無雙』打不過你。」烏拉拉若有所思，左手撫摸著肩上的紳士。

於是，烏拉拉將好不容易獲得的「無雙」送進了紳士體內，輕輕將「自以爲勢」掛在身上，咬破手指，血咒紛飛。奇異的獵命師魔法。

「你是誰？」宮本武藏面無表情。

「獵命師的逃犯，烏拉拉。」烏拉拉從背包裡拿出一罐愛維亞礦泉水，大口大口喝下。旁若無人，從背包裡繼續拿出紅色的鞋子，藍色的衣服穿上。

「你剛剛是怎麼辦到的？」宮本武藏非常介意。

「那是我的能力。」烏拉拉隨口唬爛：「叫超高速瞬間移動，很酷吧。」

「瞬間移動？」宮本武藏愣了一下。

「想學嗎？我教你。」烏拉拉拍拍臉頰，翻身倒立。

宮本武藏的太陽穴，爆出了一條青筋。

兵五常看著烏拉拉的背。如果要完成任務，只要往前送上一棍……

「兵五常，不快走的話，我會打得非常辛苦喔。」烏拉拉眼睛不敢離開宮本武藏，認真說道：「你希望一個獵命師死在一個吸血鬼的手上嗎？」

咬著牙，兵五常轉過身，慢慢踏出染血的一步。

這輩子，兵五常從沒有這麼矛盾、這麼憤怒過。

「有機會的話。」烏拉拉還是忍不住開口。

「……」兵五常閉上眼睛，一拐一拐。

「跟我一起把命，送在徐福面前吧。」烏拉拉笑道。

「……」兵五常還是閉著眼睛。

大雨傾盆，將整條街轟淋成一片奔騰張狂。

雷聲劈開城市的夜空，肅殺的光明一瞬。

海一般的雨中。

天下無敵的吸血鬼刀客，無所不謂的天才獵命師。

紳士跳下，一溜煙竄到屋簷下。

「剩下我們了。」

烏拉拉大氣不敢透，只能寄望「自以為勢」的力量比自己想像的還要強大。

畢竟，烏拉拉從來就沒有這樣的對敵經驗。

眼前這男人，比哥哥還要厲害

厲害太多。

「我敬佩你的義氣。」宮本武藏緩緩拔出雙刀。

「有一部漫畫，叫《二十世紀少年》。」烏拉拉苦笑：「裡頭的主角有句台詞很有意思。要是覺得自己有生命危險的話，就拔腿快跑，千萬不要客氣。」

「好句子。」宮本武藏一刀指地，一刀曲臂斜舉，說：「那麼，你現在覺得生命有危險了嗎？」

「豈止。」烏拉拉單手撕開包裝，將三粒藍波球泡泡糖丟進自己嘴裡。

「害怕嗎？」宮本武藏雙刀慢慢騰起，雨滴在半空中凝縮拒落。

「很怕。」烏拉拉嚼著藍波球：「但還沒有，怕到落荒而逃。」

火焰在烏拉拉的手掌中示現，直接燃縮成紫色的離火。

烏拉拉知道，這次他的背後，不再有逃走的路……

《獵命師傳奇》卷九　完

《獵命師傳奇》卷十

「弁慶。」義經將刀入鞘。

「是！」

「即使到了現在，我還是不覺得自己會輸。」

「……是！殿下！」弁慶流下眼淚。

義經雙手發燙，每根血管都燒煮著。

這雙手，可以毀掉這個世界上所有的東西，所有的國家，所有的神社。

——何況區區的海妖。

「我是，真正的破壞神！」

獵你的創意，秀你的圖
「獵命師大募集！」活動

發揮你的想像，秀出你的創意，畫出或者cosplay出《獵命師傳奇》你心目中的故事角色。我們將於《獵命師傳奇》最新一集出版前，固定由作者過九把刀親自遴選，刊登在當集的獵命師書中喔！讓你的創意在《獵命師傳奇》的世界中登場，還可以得到獵命師限量周邊！

活動詳細活動辦法，請至蓋亞讀樂網貼圖區參觀
http://www.gaeabooks.com.tw/

・大賞作品（兩名）可得《獵命師傳奇》新書一本及限量灰色長袖T恤一件。
・入選者可得《獵命師傳奇》新書一本。

刀大的話：

喂！大家都手軟了嗎？貼圖區的圖變少囉，拿出幹勁來啦！

【本集大賞】

DIOSWORLD◆烏霆殲

刀大評語：
彷彿火炎咒就快要醬爆啦！！

louely99◆兵器人

刀大評語：
好好玩的構圖喔！看起來很歡樂的兵器人呢！

x10803173◆神谷

x10803173◆宮澤

x10803173◆烏拉拉

a1291945◆烏拉拉

eno730◆上官！

x10803173◆烏霆殲

mup41◆櫃台小妹

hell666◆賽門貓

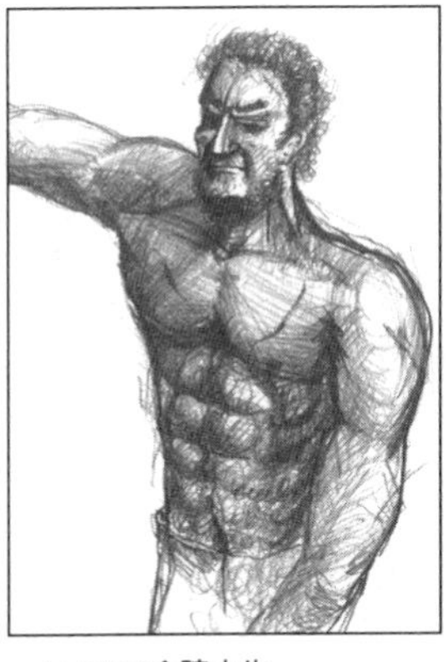

robin0403◆陳木生

w886w83◆烏拉拉

ALAGAN◆紳士

miller612◆烏霆殲

w886w83◆風宇

amyvicky21◆烏拉拉

w886w83◆神谷

x10803173◆牙丸無道

x10803173◆小蝶

x10803173◆烏拉拉

x10803173◆烏木堅

x10803173◆書恩

x10803173◆阿不思

x10803173◆阿廟

x10803173◆兄弟情深

mary10081◆上官無筵

mary10081◆上官無筵

x10803173◆優香

chenchihfen◆優香

chenchihfen◆神谷-2

chenchihfen◆神谷-1

opplesing◆小蝶

myairfish◆聖耀

opplesing◆風宇

shin5323◆烏拉拉

蓋亞文化圖書目錄

書名	系列	作者	ISBN	頁數	定價
恐懼炸彈（新版）	都市恐怖病	九把刀	9789867450340	320	260
冰箱	都市恐怖病	九把刀	9789867929761	240	180
異夢	都市恐怖病	九把刀	9789867929983	304	240
功夫	都市恐怖病	九把刀	9789867450036	392	280
狼嚎	都市恐怖病	九把刀	9789867450142	344	270
大哥大	都市恐怖病	九把刀	9789866815690	256	250
依然九把刀（紀念版）	非小說・九把刀	九把刀	4710891430485		345
綠色的馬	九把刀中短篇小說傑作選	九把刀	9789866815300	272	280
樓下的房客	住在黑暗	九把刀	9789867450159	304	240
獵命師傳奇 卷一～卷十二	悅讀館	九把刀			各180
獵命師傳奇 卷十三	悅讀館	九把刀	9789866815447	272	199
臥底	悅讀館	九把刀	9789867450432	424	280
哈棒傳奇	悅讀館	九把刀	9789867929884	296	250
魔力棒球（修訂版）	悅讀館	九把刀	9789867450517	224	180
都市妖1-2, 4-5, 7-14	悅讀館	可蕊	9789867450197	240	各199
都市妖3、6 是誰在唱歌	悅讀館	可蕊	9789867450272	208	180
青丘之國（都市妖外傳）	悅讀館	可蕊	9789867450470	320	220
都市妖奇談 卷一～卷三（完）	悅讀館	可蕊	9789866815058		各250
捉鬼實習生 1-7	悅讀館	可蕊			1406
捉鬼番外篇：重逢	悅讀館	可蕊	9789866815652	320	250
百兵　卷一～卷三	悅讀館	星子	9789867450456	192	各180
百兵　卷四～卷八（完）	悅讀館	星子	9789867450531	272	各199
七個邪惡預兆	悅讀館	星子	9789867450913	272	200
不幫忙就搗蛋	悅讀館	星子	9789867450258	308	220
陰間	悅讀館	星子	9789866815027	288	220
黑廟　陰間2	悅讀館	星子	9789866815577	256	220
無名指　日落後1	悅讀館	星子	9789866815362	336	250
囚魂傘　日落後2	悅讀館	星子	9789866815446	288	240
蟲人　日落後3	悅讀館	星子	9789866815713	280	240
太古的盟約　卷一～卷四	悅讀館	冬天	9789867450661	304	各240
太古的盟約　卷五～卷八	悅讀館	冬天	9789867450869	240	各199
吸血鬼獵人日誌 I～IV、特別篇	悅讀館	喬靖夫			976
殺禪　全八卷	悅讀館	喬靖夫			各180
誤宮大廈	悅讀館	喬靖夫	9789866815423	256	220
天使密碼 01 河岸魔夢	悅讀館	游素蘭	9789866815386	272	220
天使密碼 02 靈夜感應	悅讀館	游素蘭	9789866815614	256	220
異世遊1	悅讀館	莫仁	9789866815584	304	240
異世遊2	悅讀館	莫仁	9789866815591	304	240
希臘神諭	悅讀館	戚建邦	9789866815706	320	250
公元6000年異世界（新版）	悅讀館	Div	9789866815621	304	240
仇鬼豪戰錄 套書（上下不分售）	悅讀館	九鬼	9789866815379		499
永夜之城　夜城1	夜城	賽門・葛林	9789867450760	288	250
天使戰爭　夜城2	夜城	賽門・葛林	9789867450845	304	250
夜鶯的嘆息　夜城3	夜城	賽門・葛林	9789867450968	304	250
魔女回歸　夜城4	夜城	賽門・葛林	9789866815041	336	280
錯過的旅途　夜城5	夜城	賽門・葛林	9789866815232	352	299
毒蛇的利齒　夜城6	夜城	賽門・葛林	9789866815393	360	299
影子瀑布	Fever	賽門・葛林	9789866815607	464	380
德莫尼克（卷一～卷七）	符文之子2	全民熙			各280
符文之子（全七卷；可分售）	符文之子1	全民熙			2114
羅德斯島系列（全十五部；可分售）	羅德斯島戰記	水野良			3619

＊實際定價以各書版權頁為準

國家圖書館出版品預行編目資料

獵命師傳奇.Fatehunter／九把刀 著；
——初版.——台北市：蓋亞文化，2005【民94-】
冊；公分.——（悅讀館）

ISBN 978-986-7450-70-8（第9卷：平裝）

857.83 94002005

悅讀館 RE018

獵命師傳奇系列【卷九】

作者／九把刀（Giddens）
繪圖／翁子揚
出版／蓋亞文化有限公司
地址◎台北市103承德路二段75巷35號1樓
電話◎（02）25585438 傳眞◎（02）25585439
網址◎www.gaeabooks.com.tw
服務信箱◎gaea@gaeabooks.com.tw
投稿信箱◎editor@gaeabooks.com.tw
郵撥帳號◎19769541 戶名：蓋亞文化有限公司
法律顧問／宇達經貿法律事務所
總經銷／聯合發行股份有限公司
地址◎新北市新店區寶橋路二三五巷六弄六號二樓
電話◎（02）29178022 傳眞◎（02）29156275
港澳地區／一代匯集
電話◎（852）27838102 傳眞◎（852）23960050
地址◎九龍旺角塘尾道64號龍駒企業大廈10樓B&D室
初版十三刷／2021年9月
定價／新台幣 180 元
Printed in Taiwan

ISBN／978-986-7450-70-8

RE018
GAEA

獵命師傳奇

天命在我・自創一格

——創意命格有獎徵文活動

替獵命師們構想奇命！為自己開創中獎命數！

由於反應熱烈，命格徵文活動將改為每集固定舉行。我們會在每集《獵命師傳奇》出版前，固定由作者九把刀遴選2～3則投稿，讓你設計的命格在下一集《獵命師傳奇》的世界中登場！

獲選者可獲贈《獵命師傳奇》週邊商品，及九把刀最新作品一本。

■ 注意事項

◎命格投稿請比照書中一貫的描述格式，並填寫於本回函所附表格

◎請參加讀友留下正確姓名地址，以便發表時註明構想者與贈獎。

◎本活動遴選之命格使用權利歸蓋亞文化有限公司所有。

◎活動及抽獎結果，將於每集《獵命師傳奇》出版時公佈於蓋亞讀樂網。

◎本抽獎回函影印無效。

姓名：＿＿＿＿＿＿＿＿ **出生日期：** 年 月 日 **性別：**□男 □女

聯絡電話：＿＿＿＿＿＿＿＿

E-mail：＿＿＿＿＿＿＿＿

地址：□□□

＿＿＿＿＿＿＿＿

命格名稱：＿＿＿＿＿＿＿＿

命格：＿＿＿＿＿＿＿＿

存活：＿＿＿＿＿＿＿＿

徵兆：＿＿＿＿＿＿＿＿

特質：＿＿＿＿＿＿＿＿

進化：＿＿＿＿＿＿＿＿

關於命格投稿，九把刀會針對讀者的想法創作更完整的設定修改，以符合故事的需要，或九把刀個人愛胡說八道的壞習慣。戰鬥吧！燃燒你的創意！

廣告回信 郵資免付
台北郵局登記證
台北廣字第00675號

TO：蓋亞文化有限公司　收
103 台北市承德路二段75巷35號1樓